千夏の光
蘭学小町の捕物帖

山 本 巧 次

幻冬舎時代小説文庫

千夏の光　蘭学小町の捕物帖

一

その日は昼前までは蒸し暑く、空も青く晴れ渡っていたのだが、湧き上がった入道雲が昼八ツ（午後二時）頃から崩れ出し、急に風が出てきた。江戸の町の人々の多くは空を見上げ、次第に厚い雲が広がり暗くなっていくさまに、顔を顰《しか》めた。

「やれやれ、こいつァ一雨くるな」

傘を持たずに歩いていた者は、皆急ぎ足になった。道端に筵《むしろ》を敷いて客を待っていた鋳掛屋《いかけや》は商売道具を片付け、茶店は外に並べていた長床几《ながしょうぎ》をしまい始めた。一方、傘屋は笑みを浮かべ、店の中にあった傘を、売れ残りの古いものから順に軒先に並べていった。居酒屋は雨宿りに寄って行く客を期待して、早めに暖簾《のれん》を出した。様々な商いが成り立っている江戸では、夕立は嘆く者あり、喜ぶ者ありだ。

だが、今しも小石川上富坂町《こいしかわかみとみざかまち》の家から出て来た若い娘だけは、ちょっと違うようだ。小走りに外に出た娘は、早くも空の半分を覆っている黒雲に、かけている眼鏡越しに期待の籠《こ》もった目を向けた。

「よーしよし、こりゃあ間違いなく、来るよ」

娘は何かわくわくした様子で、付き従っている同年輩の娘を振り返って、言った。そちらの娘は、逆にちょっとうんざりしたような表情を浮かべている。

「千夏《ちなつ》さぁん、本当にやるんですか」

千夏と呼ばれた眼鏡の娘は、当然とばかりに頷《うなず》いた。

「これを待ってたんだから。この雲の具合なら、間違いなく雷が落ちる。だから梨《り》里《り》、それ、ちゃんと持っててよ。ぶつけて曲げたりしないでね」

「はいはい、わかってますよ」

梨里は半ば膨れっ面になって、手に持った長い棒を振った。それは銅製で五尺（約一・五メートル）ほどもあり、片方の先端は何かに突き刺せるよう、尖っている。うっかりすると、殴り込みの武器に思われかねない代物だった。太さは一寸（約三センチメートル）の四分の一もないが、金物なので重さは結構ある。梨里はそれを、竹か何かのように軽々と持っていた。

「お役人に見られたら、何て言うんですか」

「正直に、蘭学の検証のための大事なもの、と言えばいいでしょ。蘭学って言っとけば多少変なものでも得心してくれるし、若い娘二人だけで殴り込みなんて、思いはしないでしょ」

「そうですかねえ。そりゃ千夏さんは……」

言いかけたところで、角を曲がってきた中年の男と鉢合わせした。濃鼠《こいねず》の羽織姿で裾を端折《はしょ》り、帯には十手。界隈の岡っ引き、甚九郎《じんくろう》だ。甚九郎は梨里の持っている棒を見て、目を丸くした。

「おいおい、千夏さんに梨里さんじゃねえか。そいつはいったい、何だい」

千夏は愛想よく笑みを浮かべて、いかにも何でもなさそうに言った。

「蘭学で使う品ですよ。危ないものじゃありません」

「そう言ったって、こいつは人一人くらい楽に串刺しにできそうじゃねえか」

甚九郎は梨里の持つ銅の棒に指で触れてみて、眉をひそめる。

「まあ、酷《ひど》い冗談。か弱い娘二人で誰かを串刺しにするなんて、そんなわけないでしょう」

千夏は笑いながら応じたが、甚九郎は「か弱い、ねえ」といかにも疑わしげに言った。

「実際あんたたちは、何を仕出かすかわからねえからな。親父さんは承知かい」

「ええ、もちろんですよ」

千夏の父である畠中順道《はたなかじゅんどう》は江戸でも指折りの蘭方医で、市中の信頼を集めていた。なので、順道が承知であると言えば、少々のことは通るのだ。

果たして甚九郎は、首を傾げながらもわかった風に頷いた。

「そうかい。俺ァ難しいこたァわからねえが、あんまり変な騒ぎにしねえでくれよ」

ええ、もちろんですと千夏は請け合い、甚九郎に手を振って先へと進んだ。甚九郎の姿が見えなくなってから、梨里が囁く。

「いいの？　順道先生には何も言ってないでしょ」

「言ったら、やめとけって言われるに決まってるじゃない」

しれっとして言う千夏に呆れ、梨里は首を左右に振った。

北の方へ急ぎ足で四半刻《しはんとき》（約三十分）ほども行くと、家並みが途切れて雑木林になった。それを抜ければ、下駒込村《しもこまごめ》だ。そこに千夏が目を付けていた広い空き地があった。元はどこかの大店《おおだな》の寮だったらしいが、寮と言えば大概は大川の向こうの小梅や寺島《てらじま》といった辺りか、根岸界隈にあるのに、こんなうらぶれたところを選ぶあたり、主《あるじ》はだいぶ偏屈だったのかもしれない。

その大店はとうに潰《つぶ》れ、建物も壊されて、物置のようなぼろぼろの小屋が残っているだけだ。今はもう、誰の土地なのかも判然としないらしい。千夏はこっそり、その小屋を崩れない程度に手直ししていた。

空き地に着いた千夏は、雲の具合を確かめた。もうすっかり空は暗くなっている。幾らも経たないうちに、雨が降り出すだろう。

その時、彼方《かなた》からごろごろという音が聞こえた。遠雷だ。千夏はニヤリとした。思った通り、雷が近付いている。

「危なくないんでしょうね、これ」

梨里が不安そうに聞いたが、千夏は「当然」と答える。

「雷が傍まで来ないうちに、立てちゃって」

梨里はこれ見よがしの溜息をついて、叢《くさむら》に隠してあった梯子《はしご》を起こすと、小屋に立てかけた。そして銅の棒を担いで梯子を上り、屋根に跨《また》がった。

「ここでいいんですよね」

「そう、そこに立てて」

梨里は銅の棒を高々と持ち上げると、えいっと気合を入れて屋根に突き刺した。棒の先は屋根板を貫き、うまい具合に小屋梁の割れ目に刺さったようだ。梨里は棒が倒れないことを確かめて千夏に親指を立て、梯子を下りた。

「あんな感じで？」

梨里が聞くと、千夏は「上出来」と満足そうに返した。そこでまた雷が鳴る。だいぶ近付いて来たようだ。千夏は雷の鳴った方角を向いて、眼鏡を押し上げた。その下の目が、きらりと光った。

千夏が蘭学に興味を示し始めたのは、十年も前だ。父の順道が診療所に置いていた蘭方の人体図を見て、あれは何、これは何と次々に聞き出したのである。順道と当時まだ健在だった祖父は、面白がって聞かれるままに教えていったが、母親は女の子らしくないと渋い顔だった。

じきに飽きるだろうと思っていたのに、長ずるに及んで『解体新書』などを読み出し、とうとう蘭書まで開き始めた。阿蘭陀《オランダ》語など読めるわけはないからすぐに諦める、と皆が高を括っていたのだが、畠中家には『波留麻和解《ハルマわげ》』という本があった。これは唯一とも言える蘭和辞書で、フランソワ・ハルマという蘭人が作った蘭仏辞書を和語に訳したものである。ごく少数しか刊行されなかったので、畠中家のものは写本であった。それでも滅多にあるものではなく、順道もだいぶ苦労して入手したらしい。

波留麻和解があったことは、千夏にとって幸いであった。いや、周りから見れば不幸であったかもしれない。千夏は蘭書にどっぷり嵌《は》まり込み、様々な知識を片っ端から頭に入れていった。花嫁修業などは、文字通り薬にしたくもない、という始末である。

そんな千夏を心配していた母は、四年前に病で他界した。蘭方医として妻を救えなかったことを後悔した順道は、千夏の蘭学熱を後押しすることに決めた。人を救い己を救うのは、何よりも学問の研鑽によるべし、との信念からだ。ただ、結果として千夏に好き勝手をさせることになったのは、方向として正しかったのかどうか。

本の読み過ぎで千夏は近視になり、眼鏡をかけるようになったが、その姿が意外に可愛い、と評判になった。嫁にと望む声もあったが、当人は蘭学にのめり込んだまま、番茶も出花の十八になったのに、習い事にも綺麗な着物にも、見場のいい男にさえも全く振り向かない。

「お前この頃、若い連中の間で蘭学小町などと呼ばれているのを知っているか」

順道はそんなことも言ってみた。もともと顔立ちは悪くなく、蘭学に取り組む女子《おなご》は滅多にいないこともあって、千夏は蘭学を学ぶ若い男たちの間で人気があるのだ。しかし千夏の返事は、にべもなかった。

「ただ珍しがってるだけでしょ。そんな浮ついた目で見られちゃかなわないわ」

順道は、勿体《もったい》ない話だと嘆息するしかなかった。

稲光が走り、がらがらと激しい音がした。ひゃあ、と梨里は頭を抱えて身を縮めた。

「稲光と音の間がほとんどなくなってきた。もう少しよ」

千夏は楽しそうに言う。

「千夏さんは怖くないんですか、雷神様が」

梨里はおへその辺りを押さえながら、情けない顔をした。千夏は、ちょっと噴き出しそうになる。

「雷神様なんていないよ。あれはねえ、エレクトリシティ……」

言いかけて、梨里に飲み込めるはずがないのを思い出し、「じきにわかるよ」とだけ言った。梨里は半分震えながら空を見ている。そこでまた、千夏はくすっと笑った。

普段の梨里は、もっと堂々としている。体軀は同い年の千夏よりひと回り大きく、しかもすれ違う男どもが一度は振り返るほどの美貌だった。だが案外怖がりで、特に幽霊や神仏のようなものが絡むと弱い。蘭学者の家に暮らしているのに、と千夏は時々可笑《おか》しくなるのだが、これは性分のようでいくら説いても治らなかった。いや、頭ではわかっても、感覚として受け入れきれないのだろう。もしかすると、幼い頃に遭ったことと関わりがあるのかもしれない、と千夏は思っていた。

梨里には、両親《ふたおや》がいなかった。いや、生死不明、と言う方が正しいかもしれない。十年前、本郷の寺の脇で行き倒れになっているのが見つかり、順道のもとへ運び込まれたのである。

梨里という名前と、八つだという年齢だけは本人の口からわかった。だが、それ以上のことは本人も覚えていない。親に捨てられたのか、何者かに攫《さら》われたのかも。順道は引き取り手のない梨里をそのまま家に置くことにした。千夏と梨里は、最初は互いに構えていたが、すぐに打ち解け、姉妹であり友人であるという格好で仲良く育った。

しかしさすがに、梨里は千夏の蘭学好きにはついていけなかった。それでも、放っておくと危ないと思ってか、今は順道の診療の手伝いをしながら、こうして千夏の助手も務めてくれているのである。

「でも、雷様がここに落ちてきたら、大変なことになるんじゃ」

梨里は千夏の袖を引いた。千夏を止めるというより、本人が怖いらしい。まあいつものこと、と千夏は苦笑を漏らす。

「心配しないで、そのために……」

言いかけたところで、眩しいほどの稲妻が空から縦に走り、地を揺るがすような凄まじい雷鳴が轟《とどろ》いた。梨里が両耳を塞いで飛び上がる。

「わあ、もういやッ」

梨里は林の中に逃げようと飛び出しかけた。

「あっ、そっちは駄目よッ」

千夏は梨里の肩を摑み、一気に引き戻した。梨里が尻もちをつく。

「何すんですか！」

「確かに野っ原の真ん中より林の中の方がましだけど、それよりもこっちで蹲《うずくま》ってる方がいい。林の木に雷が落ちた時、その傍にいたらあんたもやられちゃう」

「そんなぁ。だってここは……」

梨里は終《しま》いまで言えなかった。これまでで一番強烈な稲妻が、真っ直ぐにさっき梨里が小屋の上に立てた銅の棒に達した。同時にもの凄い火花が飛び、割れんばかりの爆音が周囲を圧するように響き渡った。

「わひゃあわッ」

言葉にならない悲鳴を上げて、梨里は地面に突っ伏した。だが千夏は、落雷の衝撃にもめげず、喜色を満面に浮かべて手を叩いた。

「お見事！　やったぁ！」

狙い通り、銅の棒に雷が落ちたのだ。千夏は飛び跳ねるようにして両手を上げた。

「ようし、これで思った通りに……あれ？」

千夏は上げかけた手を止め、ぽかんと口を開けた。落雷で上がった強烈な火花は、小屋の屋根全体を覆い、昼までの強い日差しで乾ききった屋根板が、火を発した。

火は、あれよあれよという間に屋根から壁へと回り、千夏たちが唖然としているうちに、小屋全体を包み込んだ。

「千夏さん大変！　火事よ火事！」

先に我に返った梨里が叫んだ。

「どーすんのよこれ！　あたしたちじゃ消せないよ」

梨里は千夏の腕を掴んで揺すぶった。それで、千夏もようやく気を取り直した。

「あっ、いや、大丈夫。ここはだだっ広い空き地で、他に燃えるものはないから」

「そうは言っても、これじゃ小屋は丸焼け……」

千夏は梨里の肩を叩き、天を指差した。

「だから大丈夫だって。ほら」

言われて梨里は上を向いた。その顔に、ぽつん、ぽつんと大粒の水滴が落ちた。

「あ」と梨里が声を出すと、次の刹那には、水滴は大粒の雨になり、忽《たちま》ちどっと強く降りだした。

「ほら見て。もう消えるわ」

雨に打たれながら、千夏は小屋を見やった。紅蓮《ぐれん》の炎はいつの間にか下火になり、しばらくすると煙だけになった。

四半刻足らずで雨足は弱まり、やがて止んだ。雷は遠くに去り、もう音も聞こえない。くすぶっていた小屋も、既に煙は消え、燃え残った屋根板から水が滴るだけになっている。

「千夏さん、こんな風に火が消えるところまで、お見通しだったの？」

梨里が訝《いぶか》しそうに千夏の顔を覗き込んだ。千夏はばつが悪くなって、目を逸らす。

「あー、何て言うか、最悪火が出てもすぐ夕立が来るんで、とはわかってた」

梨里は目を怒らせた。

「最悪？　じゃ、最悪じゃない時はどうなるはずだったんですか」

「つまりその、銅の棒に落ちた雷は、そのまま地面に抜けると思ってたんだけど」

「雷が地面に抜ける？」

　梨里は、何を言われたのかわからないといった目付きをしている。

「蘭学の本にそう書いてあったの？」

「ええ、まあ」

「じゃ、どこで間違えたんですか」

「さあ。家に帰って、もう一回読み直してみる」

　まったくもう、と梨里は腰に両手を当てて大きく息を吐いた。

「で、あの銅の棒に雷が落ちて地面に抜けたとしたら、どんないいことが」

「抜けてしまえば、雷に打たれて死んだり、今みたいに火事になったりすることがないでしょ。それは人のためになると思って」

　うーんと梨里は首を傾げた。

「でもこの始末じゃ、あんなもの屋根に立てたら江戸中が大火事ですよね」

「……だよね」

「おまけにあたしたち、ずぶ濡れです」

梨里は袖を広げ、唇を尖らせた。

「そうだけど、でもほら、西の方に薄日が差してるよ。もう少ししたらまた晴れて、歩いて帰るうちに乾くんじゃない？」

そんな呑気《のんき》な、と梨里は額を叩いた。

「それよりほら、あの銅の棒を拾って帰らなきゃ。お役人に見つけられたら厄介だし」

はいはい、と梨里はまだ何とか立っている小屋に向かった。屋根は燃え落ちて、銅の棒も黒焦げになった屋根板と一緒に、小屋の床で見つかるはずだ。まだ熱いかもしれないから気を付けて、と千夏は梨里の背に向かって声を掛けた。

少し待つと、梨里が銅の棒を探しだして戻って来た。やはり熱が残っているらしく、着物の袖を巻いて持っている。だがそれは、もう真っ直ぐな棒ではなかった。

「見て下さいよ。ぐにゃっと曲がってます。燃えたからかなあ」

梨里が差し出した棒は、確かに緩く曲がっていた。うわあ、と千夏は感心する。

「落雷の熱でこうなったんだわ。雷って凄いねえ」

目を輝かせて曲がった棒を見る千夏を、梨里は呆れ顔で見つめた。

二

さすがに家に帰るまでに着物は乾かなかった。取り敢えず銅の棒を隠して表口から入ると、出迎えた下働きの久造《きゅうぞう》が、驚いて言った。

「おやおや、お嬢様に梨里さん、えらい有様で。傘はお持ちじゃなかったんですか」

久造は千夏の生まれた頃から畠中家で働いており、もう四十も半ばになる。千夏が時々突拍子もないことをするのは慣れっこのはずだが、びしょ濡れの様子には眉をひそめた。

「持って行けば良かったんだけどね。そこまで気が回らなかった」

二人とも、雷のことしか考えていなかったのだ。自分でも苦笑するしかない。

「風呂を沸かしますか」

「いや、そこまでは。裏に行くから、そっちへ拭くものを持ってきて」

久造が手拭いを取りに引っ込むのと入れ違いに、若い男が表に出て来て、千夏たちを見るなり大声を上げた。

「二人ともどこへ行ってたんです。濡れ鼠じゃありませんか」

しまった、と千夏は舌打ちする。父の一番弟子、宮口耕太郎《みやぐちこうたろう》だ。父や耕太郎と顔を合わす前に、裏へ回ってこっそり着替えようと思っていたのに。

「ああ、その、ちょっと下駒込の方へ、草花の観察に」

雷の実験に失敗して小屋を燃やした、なんて言えないので、思い付いた言い訳を述べた。耕太郎は首を傾げる。

「夕立が来そうな天気なのは、千夏さんならおわかりのはずなのに、傘も持たずに、ですか」

「あー、傘は忘れちゃって。そうよね、梨里……」

同意を求めて振り返ると、梨里はとっくに消えていた。あいつめ、誤魔化しに付き合わされると思って逃げたな。

「とにかく、着替えて下さい。風邪を引きます」

耕太郎はちょっと顔を赤らめて、千夏を奥へ行かせた。

「父上は？」

「表で診察を」

それなら、邪魔しないでおこう。千夏は久造の差し出す手拭いで頭を拭いてから、自分の部屋に入って着替え、濡れた着物を洗い桶に放り込んで、ふうと一息ついた。やれやれ、どこで間違ったんだろう。千夏は書棚から蘭書を一冊取ると、文机《ふづくえ》に置いて広げた。

しばらくすると、そうっと障子が開けられた。梨里が様子を窺《うかが》うように顔を突っ込む。

「叱られました?」

「いいえ、まだ父上と顔を合わせてないし」

それよりも、と千夏は開いた頁を指で叩いた。

「わかったわ。雷を地面に抜けさせるには、あの棒の下から金物の筋を延ばして、地面まで届かせておかないといけなかったのよ」

でないと、銅の棒に落ちた雷は、棒の先が刺さっている部分から小屋梁と屋根板に流れてしまう、と千夏は言った。

「雷のエレクトリシティは凄く強いから、それが一気に梁に流れたことで火が出ちやったのね」

はあ、と梨里は生返事をする。

「雷様が火を点けた、ってのはわかりますけど、筋を地面に届かせる、ってのは？」

「だから、銅でも何でも紐みたいにして、先っぽを地面に埋めるの」

「金物を紐みたいにするんですか」

梨里は目を丸くする。

「あの棒を作ってもらうのも大変だったのに、源《げん》さんにそんなもの、作れるんですか」

源さん、というのは本郷に住む金物細工職人、源吉《げんきち》のことだ。もうすぐ五十に手が届く年だが、腕の良さは折り紙付きで、江戸中から注文が来る。だが仕事にこだわりがあり、気に入らない注文は断ることもあった。どちらかと言えば、楽な仕事より難しい細工に挑むのを好む。なので、千夏が蘭学の実験などに使うおかしな代物を頼むと、喜んで受けてくれるのだ。

「誰も作ったことのねえものを作るのこそ、職人冥利《みようり》ってやつだ」

源吉はそんなことを言って、銅の棒も注文通りに仕上げてくれた。しかし金物を紐のように細く延ばすのは、さすがに難しいかもしれない。

「その蘭書に、作り方とか載ってるんですか」

「いや、それはない」

千夏は、仕方なさそうに本を閉じた。

「あの半焦げになって曲がった棒、源さんに直してもらえるかな」

梨里は、まだ懲りずに使う気ですかと眉を上げた。

「まあ一応は頼んでおくけど」

梨里はぶつぶつ言いながら、部屋を出て行った。

入れ違いに耕太郎がやって来て、廊下に膝をつくと千夏に告げた。

「先生の手が空きました。千夏さんをお呼びです」

ああ、そうと応じて、千夏は座を立った。もう髪も乾いたし、変に勘繰《かんぐ》られるようなことはなかろう。

診療部屋に入ると、父の順道が一人で座っていた。もう四十の坂をだいぶ越えたが、まだ髪は黒々としており、少々太り気味になってはきたものの、却《かえ》ってそれなりの貫禄がついている。医者にありがちな泥鰌髭《どじょうひげ》はないが、引き締まったその顔は、いかにも名医らしく見えた。

いや、「らしく」は失礼か、と千夏は思う。実際に順道は、名医の一人なのだ。

「おお千夏、ちょっと座りなさい」

順道は、自身の前を示した。千夏はおとなしく正座する。

「はい父上、何か」

何事もなかったかのように邪気のない笑顔を見せると、順道の顔も綻《ほころ》びかけたが、咳払いして威儀を正した。

「お前、また何かおかしなことをやっていたんじゃないのか」

「まあ、おかしなことだなんて」

千夏はわざとらしく、驚いた顔を作る。

「草花を見に行ってたら、夕立に遭っただけですよ」

「草花を見るためだけに、わざわざ？」

順道は疑わしそうに娘を見た。

「ええ。些細《ささい》な事でも、勉強ですから」

「うむ……そうか。それは感心だが」

得心したかどうかはわからないが、順道は穏やかに頷いた。千夏はほっとする。あの小屋みたいに、雷が落ちることはなさそうだ。

どうも千夏に関して、順道は甘かった。余程見かねた時は雷を落とすこともあるが、滅多にそんなことはない。今も説教するつもりだったようだが、次第に目尻が下がってきている。

「傘も持たずに出て、ずぶ濡れになるとは良くない。梨里にも気を付けるよう言っておくが、医者の娘が不養生で風邪をひいては、格好がつかんからな」

半ば冗談めかして言った。どうやらこれで済むようだ。千夏は「はい、気を付けます」としおらしく頭を下げた。

「儂《わし》はこれから、本郷五丁目の方へ行ってくる。留守は耕太郎に頼んであるから」

「往診ですか。本郷五丁目というと、棟梁の正兵衛《しょうべえ》さんかしら」

正兵衛は大工で、今は棟梁として五人の弟子を使っている。だが五十を過ぎても先頭に立って梁に上がり、鑿《のみ》や玄能《げんのう》を振るっていた。ところが、本人は認めないが足腰には衰えが出始めていて、先日、とうとう梁から落ちて足を折ってしまったのである。幸い経過は良く、ひと月もすれば歩けるだろう、と順道は請け合っていた。

「ああ。ちょっとまた、様子を見てやらんとな。放っておくと、すぐ無理をしたがるから」

いかにも江戸の職人らしい頑固者だ。それでも、順道の言うことは良く聞くので、できるだけ来てやってくれとおかみさんに頼まれているのだ。

「供は要りませんか」

「棟梁のところなら、一人でいい。ああ、その後に蘭方医の寄合があるから、夕餉《ゆうげ》は要らん」

寄合という名の宴会だ。わかりましたと千夏が言うと、順道は立ち上がった。千夏は往診用の薬箱を取り上げ、表口で順道に手渡し、行ってらっしゃいませと送り出した。

順道が手を軽く振って小ぶりな表門から出て行くと、千夏は部屋に戻ってまた書見を始めた。雷を避ける方法について、もう一度見てみる。蘭書に書かれたものを和語に訳すと、あれは「避雷針」とでもなるだろうか。梨里は源さんのところに行ったようだが、やっぱりこの江戸で同じものを作るのは、無理なんだろうか。

気付くと、日はだいぶ傾いていた。今日はこの辺までか、と蘭書を閉じた時、診療部屋にいたはずの耕太郎が、ばたばたと急ぎ足に廊下をやって来た。何か手伝いが必要になったのかもしれない。

「千夏さん、お邪魔しますよ」

何、と顔を上げると、耕太郎は困った様子で膝をついた。

「今、八丁堀の井沢《いざわ》さんが来られてます。何かお聞きしたいことがあるそうで」

八丁堀？　千夏の顔が、強張《こわば》った。

客間に端座した南町奉行所定廻《じょうまわ》り同心、井沢信兵衛《しんべえ》は、ご苦労様ですと愛想笑いする千夏に、刺すような目を向けた。

「先生はお出かけだそうで」

「ええ、往診と寄合で、夜まで帰りません」

そうですかと頷いて、井沢は出された茶を悠然と啜《すす》った。千夏は落ち着かなくなる。井沢は以前からの馴染みで、確か今年で三十になる。八丁堀の中では、まずまず腕利きと言われていた。その井沢が、このように勿体を付けている時は、だいたいろくな話ではない。

湯呑みを置いてから、井沢はおもむろに咳払いして口を開いた。

「さっき、下駒込の方へ行って来ましてね」

ぎくっとする。もしかして、あの小屋の件か。

「はあ、何かありましたでしょうか」

とぼけてみたが、背中に汗が浮いた。暑気のせいではない。

「三、四十年前に潰れた大店の寮だった空き地で、火が出ましてねえ。どうも雷が落ちたようなんだが」

「あ、あら、そうなんですか。大きな火事にならなくて良かったですねえ」

「おや、大した火事にならなかったと知ってましたか」

うっと詰まりかけたが、急いで言う。

「だってほら、半鐘も鳴りませんでしたし」

「ああ、そりゃあそうだ」

井沢は頷き返す。

「まあ、ちっぽけな小屋で大事には至らずに済んだんだが、すぐ西側は林で高い木もあったのに、どうしてそこに雷が落ちたんでしょうねえ。蘭学に詳しい千夏さんなら、理由がわかりませんかね」

ひええ、と千夏は内心でびくつく。井沢さんてば、カマをかけてるのかしら。

「さ、さあ、どうでしょう。雷は時々、気まぐれなことをしますから」

「気まぐれ、ねえ。なるほど。まあ、雷様のすることですからな」

井沢は顎を撫で、一呼吸置いてから言った。

「ところで、あの近くの百姓が、雷の落ちる前に若い娘が二人、あの辺にいたのを見かけたそうですよ。一人は眼鏡をかけていたみたいだ、とも」

げっ。見られていたか。

「もしやと思って来てみたんですが、宮口さんに聞いたら千夏さんたちが確かに下駒込の方へ行ってらしたと。草花を見に行かれたそうですな」

しまった。深く考えず耕太郎に、行き先が下駒込だったと漏らしてしまっていた。

「あ、ええ、そうなんですけど、雷がひどくなってきたので帰って来ました。雷が落ちて火が出るなんて、あの場に残っていなくて良かったですわ」

少々引きつりながら、ほほほと笑った。

「ここへ来る前に甚九郎に聞いたんですがね。お二人がおかしな金物の棒みたいなものを持って出かけた、って。そいつは、何だったんですか」

井沢がさらに突っ込んだ。千夏はまた、無理に笑う。

「何って、地面に突き刺して土の下にあるものを探るんですよ。根っこに特徴のある草花とか、茸《きのこ》の類《たぐ》いとか……」

「へええ。そういうものを調べていたと。本当にそれだけで、帰って来たんですか」

井沢は見透かしたような薄笑いを浮かべた。お尻がむずむずしてくる。

「本当ですって。雨からは逃げられず、ずぶ濡れになりましたけど」

「そりゃ災難でしたね」

井沢は、気の毒とは思っていない口調で言った。

「草花を調べるだけってんなら、まあ結構ですがね。蘭学のことは俺にはよくわかりませんが、学問に熱が入り過ぎて難儀なことになっちゃ、いけませんぜ。失礼ながら、千夏さんは往々にして無鉄砲なことをするから」

「無鉄砲なんて、そんな」

千夏は笑って受け流したが、どうやら井沢には、あれが千夏の仕業《しわざ》と見抜かれているようだ。もし怪我人が出たり他人の家が燃えていたりしたら、井沢もただでは済まさないだろうが、今回は主のない空き地のボロ小屋が半焼けになっただけだ。奉行所もそんなことをまともに調べるほど、暇ではないだろう。

「ま、とにかく、年頃の娘さんが無茶をしないように、とだけ言っておきます。先生にはどうかよろしくお伝えを。近いうちまた、ご挨拶に伺います」

井沢は最後に一つ釘を刺してから、帰っていった。千夏は、ほうっと大きく安堵の息を吐いた。

目の敵《かたき》にされているわけではない。寧《むし》ろ、逆だ。井沢は数年前、母親が重い病になった時、順道に手厚く診てもらっていたのだ。他の医者なら早々に見放すところ、順道は最後まで手を尽くし、看取った。井沢はそれを恩義に感じ、何かと助けになってくれる。この訪問も、悪さを糾《ただ》そうというより、千夏を心配してのことだろう。そこは申し訳ないと思っている。しかし残念ながら、千夏はおとなしく家の奥に籠もっていられるような性分ではなかった。

半刻《はんとき》（約一時間）ほどして日が沈みかける頃、梨里が戻った。やはり源さんのところに行ってきたそうだ。

「何をやったらこうなるのかって、源さんびっくりしてましたよ」

あの銅の棒の話だ。このぐらいなら直せるので、やっておくということだった。

「詳しく聞かれた？」

「いいえ、そうでも。聞かない方がいいと思ってんじゃないかな」

梨里は悪戯《いたずら》っぽく笑う。

「でね、あの棒より細く、紐みたいなものが作れるかって聞いたら、考え込んで。銅を薄い板に延ばして、細く切ったものなら細工で使うから、それを繋《つな》いでいけばできるだろう、って。でも、そんな長いもの作ったことないから、強さがどの程度になるかは何とも言えないそうですよ」

西洋では現に作れているのだし、できないことはないのだ。ただ、それを使ってもう一度やってみるかと言われると、井沢に睨《にら》まれた後だけに、腰が引けた。

「そうか。できるとわかったなら、当面は良しとしましょう」

すぐにでも、と言い出さなかったので、梨里はほっとしたように頬を緩めた。

順道が駕籠《かご》で帰って来たのは、五ツ（午後八時）をだいぶ過ぎた頃だった。思った通り、ほろ酔い機嫌になっている。

「おう、ただいま。ちょっと遅くなったか」

順道はほんのり赤くなった顔で、座敷にどすんと腰を下ろした。

「正兵衛棟梁の方は、どうでした」

千夏が確かめると、ああ大丈夫と順道は手を振った。

「順調に治っているから、月末には歩くことを始めた方がいいな」

それは良うございましたと千夏は言ってから、黙っておくわけにもいかないので、井沢が来たことを話した。もちろん、火事のことには触れない。

「また近いうち、挨拶に来ると」

そうか、と順道は応じて、何の用だったか詳しく聞くことはなかった。千夏としては有難かったが、ちょっと意外にも思った。順道には、他に気になることがあるようだ。

「どうしたんです。寄合で、何かあったの？」

尋ねてみると、順道は「うん」と肩を揺らし、少し真顔になって言った。

「西国でまた、疱瘡《とうそう》が流行《はや》っていることは知ってるな」

ええ、と千夏は答える。厄介な流行り病で、何年かごとに蔓延《まんえん》し、そのたびに少なからず死者が出た。それがまた、鎌首をもたげてきているのは、心配なことだった。

「以前ほどの激しい流行りではないという話じゃなかった？」

確かにそのようだが、とは言ったものの、順道は眉間に皺《しわ》を寄せた。

「寄合で聞いたのだが、四日前、品川で疱瘡が出たんだ」

えっ、と千夏は顔を曇らせた。

「いよいよ江戸でも、ですか」

「うむ。今のところは一家族だけで封じ込めているが、いつまでも保《も》つまい。心構えをしておかんといかんな」

そうね、と千夏は気を引き締めた。江戸では数人に一人は疱瘡にかかったことがあり、その名残《なごり》のあばたが顔に残っている人は多い。順道も若い頃に感染したので、それほど目立たないながら、あばたがあった。

痘瘡は一度経験すれば二度とはかからない。なので順道は大丈夫なのだが、千夏も梨里も耕太郎もまだかかったことがなく、流行が広がれば医術に携わる者として避けて通れないので、心配ではあった。

「長崎では、種痘がうまく行ってるってことだけど」

千夏が言った。種痘とは、牛の痘瘡（牛痘）を人に植え付けることだ。牛痘は人に感染してもほとんど症状が出ず、痘瘡を防ぐ効果があるので、西洋では痘瘡の予防として以前から行われていた。先年、長崎で蘭人医師の指導により種痘が為され、充分な効果があったことは、蘭方医の間でよく知られている。

「長崎だけでなく、西国ではだいぶ広まりつつあるようだな」

順道もこれに期待しているのだ。

「早く江戸でもできないかしらねえ」

千夏は苛立ったように口にした。江戸ではまだ漢方医の力が強く、蘭学の医術が普及することに対して、しきりに抵抗を続けている。彼らは立場を守るため結束し、御城の奥医師から蘭方医を排除する蘭方禁止令まで出させていた。だが近頃、種痘の成功が伝わるにつれ、千夏たちにとって幸いなことに、漢方医の横暴に対する風当たりが強くなってきている。

「そうだな。だが、今日明日というわけにはいかんだろうしな」

次の流行を抑えるのに間に合えばいいが、と順道は呟いたものの、それはなかなか難しかろう、とその顔が語っていた。


井沢信兵衛が再び来訪したのは、その三日後のことだった。

「変わらずご健勝のようで、何よりです」

順道と対座した井沢は、丁重に挨拶した。

「先日はお訪ね下さったのに、留守で相済まなんだ。井沢さんも、ご活躍のようで結構なことだ。亡き母上もお喜びでしょう」

順道は目を細めて言う。井沢は恐縮したように、「その折は誠にお世話になりました」と深く頭を下げた。いやいや、と順道は手を振る。

「医師として当たり前のことをしただけですし、もう何年も前のこと。堅苦しい挨拶はご無用に」

それでも井沢は、「は」と俯き、神妙な態度を崩さなかった。

一方、順道の脇に座った千夏は、冷や汗をかいていた。井沢がいつ燃えた小屋のことを持ち出すかと、気が気でなかったのだ。だがこの様子を見る限り、有難いことに井沢はあの件を蒸し返すつもりはなさそうだった。

しばしの間、世間話が続き、千夏は緊張を緩めていった。どうやら何事もなく済む、と安堵しかけた時、急に井沢が言った。

「実はつい先日、気になる一件が起きまして」

千夏は、ぎょっとした。ついにあのことが話に出るのか。思わず身を竦《すく》めると、井沢は千夏の方を見もせずに続けた。

「東湊町《ひがしみなとちょう》の廻船問屋、若松屋《わかまつや》をご存じですか」

いささか唐突だったので、順道は首を捻った。

「さて、名前は聞いたことがあるが」

東湊町は越前堀と八丁堀が大川に繋がる辺りで、小石川からはだいぶ離れている。順道もそこまで診療に行ったことはなかったはずだ。

「そこの番頭が殺されましてね。後ろから背中を刺されて、越前堀に落とされたんですよ」

「ほう、それはなかなか剣呑《けんのん》だね」

順道は眉根を寄せた。

「井沢さんがその一件を、調べているわけですな」

「そうなのです」

「物盗りか何かですか」

思わぬ話になったので、千夏はつい口を出した。井沢はかぶりを振る。

「財布は残っていたし、特に盗られたものはないようです」

ふむ、と考えるようにして、順道が尋ねた。

「背中を刺されたということだが、どの辺りかな」

井沢は体を捻って背中を向け、手を回して左の肩甲骨と背骨の間くらいを指した。

「この辺を、深く一突きです」

順道の表情が険しくなった。

「背中から心の臓を狙ったようだな。一突きで終わらせたとなると、ずいぶん手際がいい。こういうことに慣れた者が、初めから殺す気で襲った、と考えられるな」

「やはり、そうですか。さすがは順道先生です」

井沢は、我が意を得たりという風に言った。井沢も手練《てだ》れの町方役人として、同じ見方をしていたようだ。

「使われたのは、匕首《あいくち》かな」

「そうです。かなり深くまで刺し込まれてました。匕首そのものは下手人が持ち去ったようで、見つかってませんが」

「ならば、力も相当強い者の仕業でしょうな」

おっしゃる通りです、と井沢も頷く。

「物盗りでないとすると、商いの揉め事でしょうか」

また千夏は口を挟んだ。止《よ》しなさいとばかりに順道が軽く睨む。

「まあその辺りは、調べている最中です」

言いながら井沢は、窺うように順道を見ている。おや、と千夏は思った。まだ何か聞こうとしているのだろうか。

「殺しとなると、町方としてはいろいろ大変でしょう。井沢さんも励まねばならないだろうが、無理を重ねぬよう、お気をつけなさい」

順道は、常の気遣いを述べて話を締めくくった。井沢は「心得ております」と応じ、どうも長居をしまして、と詫びてから畠中家を辞した。

「井沢さんも忙しいようだが、わざわざ挨拶に寄ってくれるとは、義理堅いねえ」

井沢が去ってから、順道が言った。だが千夏は、どうもただの挨拶には思えなかった。

「ただ寄った、というより、何か聞きたかったんじゃないかなぁ」

千夏が首を傾げると、順道も「殺しの件かね」とすぐに応じた。殺しについて、医師としての見解を求めに来た、と考えたようだ。だが千夏は、どうもそれだけではないような気がした。

「ここからだいぶ遠い、東湊町の一件ですよ。若松屋なんて、会ったこともないし。うちまで聞きに来なくても、奉行所と懇意の医者は幾らでもいるでしょうに」

「挨拶のついでに、というところじゃないか。公に聞くのと違って、うちでなら聞きやすいと思ったんだろう」

順道は軽い調子で言った。特に気にはしていないようだ。だが千夏は、何となく得心がいかなかった。井沢のやることには、いつも何かしらの意味があるはずなのだが。

三

「また疱瘡が流行りそうなんですか」

順道の話を聞いた耕太郎と梨里は、揃って憂い顔になった。

「今すぐというわけではないが、気配は出始めている。早めに準備をしておくように、ということだ」

順道は言って、耕太郎に目をやった。

「儂は一度かかったからもう大丈夫だが、お前たちはまだだからな。充分に注意せねばいかんぞ」

はあ、と耕太郎は困ったように嘆息する。

「無論医師の端くれとして注意はしますが、一旦流行り出せば逃れるのは、なかなか」

疱瘡の感染力は強く、これといった薬もない。せいぜい、熱さましを飲ませるくらいだ。町の人々は、疱瘡にかからないようお守りを求めたり、鍾馗《しょうき》様など厄払いの神様の絵を部屋に貼ったりしているが、無論のこと、何の効き目もない。

「やっぱり種痘しか、ないですよねえ」

千夏が口惜《くや》しそうに漏らすと、梨里が興味深そうに聞いてきた。

「あの、種痘って時々耳にするけど、つまるところ、いったい何なんです。新しい薬？」

おや、と順道は意外そうに眉を上げた。

「梨里はまだ知らなかったか」

「ええ。お手伝いはしてますけど、学問の方はどうも苦手で」

梨里は顔を赤らめた。苦手、というのは謙遜だ。梨里は充分頭がいいし覚えも良く、そうでなくては医術の助手などできない。字を書かせれば、千夏より上手《うま》いくらいだ。ただ、阿蘭陀語は全く駄目なので、蘭方の医術書に近寄ろうとしないだけである。

「種痘はね、牛痘を使って痘瘡を防ぐのよ」

丁度いい機会、とばかりに、千夏は梨里に種痘のことを説いてやった。できるだけわかりやすく話したのだが、聞いているうち、次第に梨里の顔は青ざめてきた。

「え？　え？　牛の痘瘡を体に入れるんですか？　そんなぁ」

梨里は身震いした。

「嫌よそんなの。もし角でも生えてきたらどうするんですか」

馬鹿なことを、と千夏は噴き出しそうになる。

「何言ってんの。そんなわけないじゃん」

笑い飛ばすように言ったのだが、梨里は化け物にでも会ったような顔つきで、首をぶんぶんと左右に振った。

「とっ、とにかく、あたしは嫌ですからねッ」

今にも種痘をされると恐れたかのように、梨里は慌てて部屋から出て行った。順道は呆気《あっけ》にとられ、耕太郎は嘆息した。

「仮にも蘭方医の家にいる者が、あれじゃ困るわねえ」

千夏が言うと、耕太郎は苦笑する。

「まあ、巷《ちまた》の人々にとっては、あれが普通でしょう。よく知らないものは、誰でも怖い」

「うむ。漢方の連中は邪魔したがるだろうが、早いうちに皆に種痘のことを知ってもらわんといかんな」

順道が腕組みすると、千夏は大丈夫と膝を叩いた。

「西国で効果が上がっていることは、徐々に伝わってます。疱瘡が流行り出す頃には、種痘をしてくれって人たちが門前に行列を作ってますよ」

だといいんだが、と順道と耕太郎は顔を見合わせて言った。


翌日の昼過ぎ。畠中家の表で、大声で呼ばわる声が聞こえた。

「順道先生、おられますかい。怪我人です。どうか診てやっておくんなさい」

それを聞き付け、下働きの久造に続いて、千夏と梨里が表口に走り出た。

「はいはい、どうなさいましたか」

表口に来ていたのは、若い僧侶と中年の寺男らしい者だった。六十前後と見える羽織姿の男を、両側から抱きかかえるようにしている。二人はその男を、久造に手伝ってもらって上がり框《がまち》に座らせた。顔は青ざめ、いかにも苦しそうだ。

「足のお怪我で？」

様子を見て取った久造が聞くと、寺男らしいのが「そうなんで」と答えた。

「石段につまずいて、足をやっちまったんで」

手短に告げるのを聞いて、ちょっと御免なさい、と梨里が三和土《たたき》に下り、初老の男の足を調べた。右の足首の上の方が、赤黒く腫れあがっている。触れると、苦痛の声が漏れた。

「ああ、折れちゃってますね」

梨里が言った。やっぱり、と僧侶と寺男が頷き合う。

「奥へ運びましょう。手伝って」

千夏が指図し、僧侶と寺男と久造が、三人がかりで怪我人を診療部屋へと運んだ。

「ああ、申し遅れました。私は傳通院《でんずういん》の僧で、照啓《しょうけい》と申します。こちらは寺男の仁平《にへい》で」

廊下を進みながら、僧侶が名乗った。

「まあ、傳通院のお方ですか」

千夏は敬うように照啓の顔を見た。傳通院は東照大権現《とうしょうだいごんげん》様の御母上の墓所もある、将軍家菩提寺《ぼだいじ》の一つだ。江戸では大変格式の高い名刹《めいさつ》で、上富坂町からは目と鼻の先だった。

「石段と言っても中門のところにあるほんの一、二段なのですが、どうしたことかそこで足が引っ掛かってしまったようで」

照啓はそう説明しながら、痛みに顔を歪めている怪我人を、診療部屋の畳に下ろした。ほんの少しの、何でもなさそうな段差でも、高齢になると思うように足が上がらず、つまずいて倒れてしまう、ということはよくある。このお人は、倒れ方が悪かったようだ。

「どれどれ、足をやってしまったって?」

久造に呼ばれた順道が出て来て、怪我人の足を調べた。そして千夏と梨里に、軽く頷く。難しい骨折ではなさそうだ。梨里はすぐに、奥から副木《そえぎ》を取ってきた。

「お参りに来られたんですかな。どちらのお人かな」

順道が尋ねると、羽織姿の怪我人は、痛みを堪《こら》えて返事をした。

「て、寺島村から来ました、甚左衛門《じんざえもん》と申します」

寺島村は大川の向こうで、江戸の町割りのすぐ外側だ。大店の寮が点在し、将軍家の鷹場などもあった。甚左衛門はそこで名主をしており、年は六十一だという。

「故《ゆえ》あって江戸の名刹を回っておったのですが、まさかこんなことになるとは」

治療を施されながら、甚左衛門はひどく気落ちした様子で言った。

「故とは何か、お聞きしてもよろしいですか」

照啓が横から聞いた。何かの願掛けにでも来たのなら、聞いてやらずばなるまい、と思ったようだ。甚左衛門は順道と照啓を交互に見てから、少しほっとしたように話し始めた。

「実はその、近頃村に幽霊が出るようになりまして」

「は？　幽霊、ですか」

あまりに意外な話だったので、千夏はつい声を上げた。梨里の方は、幽霊と聞いた途端に固まった。

「ゆ、幽霊が、ほ、ほんとに出たんですか」

梨里の声は、早くも上ずっていた。順道は、まあまあと梨里を宥《なだ》め、甚左衛門の足に副木を当ててさらしで巻きながら、先を促した。

「初めに村の衆が幽霊を見たのは、ひと月ほど前のことで」

甚左衛門が言うには、出るのは大店の寮だったところで、ある晩、蔵の壁に人影が映ったのを、通りかかった村の百姓が目にしたのだとか。その百姓はぞっとして家に駆け戻り、布団を被って震えていたが、朝になってから甚左衛門に話しに来たそうだ。

「聞いた時は手前も、そんな馬鹿な、枯《か》れ尾花《おばな》の類いだろうと笑い飛ばしたのですが、その二日後の晩にも、他の者が」

それはやはり村の百姓で、仲間の家で飲んだ後、家に帰る途中だったという。蔵の壁に現れたものを見たその男は、忽ち酔いが醒めて、足をもつれさせながら家に駆け戻った。

「酔っていたわけですから、今度も気のせいだと皆で思ったのですが、その三日後とさらにその次の晩にも、見た者が出まして」

度重なると、さすがに甚左衛門も笑い飛ばしてはおけなくなり、下働きの者を連れて自身で見に行った。最初に行った晩は何も出なかったが、念のため翌晩も行ってみたところ、まさしく怪しげな人影が蔵の壁に現れた。どうも髪を垂らした女のように見えたという。

「それを目にして、手前も恐ろしさに身動きできなくなりました。ほうほうの体《てい》で家に帰り、朝になってからその寮で死人が出たかどうか、慌てて調べたのですが」

誰かが死んだ、という記録はなかった。持ち主だった店の者に聞こうとしたが、店が潰れてから主人一家は故郷に帰り、奉公人もばらばらになって、見つけることができなかった。

「幽霊となって現れるからには、何か恨みを残して死んだ者がいる、ということだと思いますが」

甚左衛門は同意を求めるように照啓を見た。左様ですな、と照啓も返す。

「必ずしも恨み、とは限りませんが、この世に大きな未練を残している、とは申せましょう」

「はい。ですが、あそこで亡くなったお方がどこの誰ともわからないので、未練を除いて差し上げる、ということもできませんで」

甚左衛門は、ほとほと困りましたと肩を落とす。

「寮が建つよりずっと以前に亡くなった方、ということは考えられませんかな」

順道が言った。だがこれには、照啓が疑問を呈した。

「だとすると、どうして今になって現れるのか、少々解《げ》せませんね」

もっともですな、と順道も首を捻る。

「それで如何《いかん》ともし難く、かと言って放っておくわけにもまいりませんので、取り敢えず名のある寺社の御札を集めようと、市中を回っておりましたのです」

甚左衛門は懐から、秋葉権現や浅草寺、神田明神などの御札を出して見せた。藁《わら》にもすがる、とはこのことかな、と千夏は思う。御札ばかり集めて競わせるようなことをしたら、却って神仏の機嫌を損ねそうな気がした。

「ところがその途中でこんなことに。これはもしや、幽霊が怒って邪魔をしに来たのではないかと恐ろしくなりまして」

甚左衛門は暗い声で言った。どうも本気で心配しているようだ。千夏は順道と照啓と一緒に、それはないでしょうとかぶりを振った。「当山は幽霊など寄せ付けませぬ」と照啓は胸を張り、「そこまで執念深い幽霊なら、村の方でもっと何かしているでしょう」と順道は甚左衛門の肩を叩いた。千夏は、そもそも幽霊などいないと思っているので、敢えて何も言わなかった。

「さて、これでひとまずは大丈夫」

さらしで副木を固定し終え、順道は安心させるように笑みを浮かべた。

「しばらくはあまり動かんように。後はそちらの近所の医者に診てもらって。ひと月もすれば歩けるようになるでしょう」

「おお、ありがとうございます」

甚左衛門はまだ痛む足を副木の上からさすって、丁重に礼を述べた。

「寺島まで帰るのはちょっと大変だな。駕籠で、ゆっくり行くように」

それを聞いて照啓が、黙って控えていた仁平に、駕籠を呼んで来るよう言った。

仁平は、わかりましたとすぐに出て行った。

次の診療が控えているので、駕籠を待つ間、甚左衛門は次の間に移った。照啓は、せっかく来られたのですから御札をお渡ししましょうと言って、一旦寺に戻った。

千夏は順道の手伝いを梨里に任せ、一人になった甚左衛門の前に座った。もう少し話を聞きたいと思ったのだ。

「さっきの幽霊の話ですけど、幽霊は土蔵のところにだけ、現れるんですか」

「ああ、はい。他のところで見た、という話は聞いておりません」

「土蔵の壁に、ですね」

念を押すと甚左衛門は、そうだとすぐに応じた。

「髪の長い女のようだった、ということですが、その姿は動きましたか」

えっ、と甚左衛門は惑いを見せた。意味がわからなかったらしい。だが少し考えて、「はい」と言った。

「大きくなったり小さくなったり、ぼやけたりはっきりしたりしました。手も動いていたような」

そうですか、と千夏は頷く。思ったよりしっかり、甚左衛門は見ていたようだ。

「で、突然消えたんですね」

「え？　は、はい。怖くて動けずにいると、急に壁が暗くなって、後は何も見えなくなりました」

先ほど甚左衛門は、幽霊がいきなり消えたとまでは言っていなかった。だが千夏には、思うところがあったのだ。

「幽霊が出たのは、全て晴れた夜でしたか」

甚左衛門は少し考えて、その通りだと言った。千夏はふむふむと頷く。

「音は何か聞こえましたか」

「あっ、そうです。何か、笛の音らしいものが響きまして」

「幽霊が出る時に？」

「ええと……はい、その通りです。おや、何か可笑しいですか」

いけないい、つい失笑を漏らしたようだ。千夏はさっと顔を引き締め、「よくわかりました」と言った。

「つきましては、私も一度、見てみたいと思うのですが」

「はァ？　幽霊を見たいと言われるので」

甚左衛門は困惑顔になった。若い娘が何と恐れ知らずな、と呆れたか、幽霊を見世物扱いするのか、と腹を立てたか。ちょうどそこで仁平が「駕籠を呼んできました」と声を掛けたので、千夏は久造に杖になるものを持って来るよう頼み、二人して甚左衛門を支えながら表に向かった。その間に千夏は、「また改めて寺島の方へ伺います」と甚左衛門の耳に囁いた。甚左衛門は困惑を消さないまま、「はあ」と曖昧《あいまい》に返事をした。

畠中家の表に来た駕籠かきは、二人揃ってえびす顔だった。行き先が寺島と聞いて、いい稼ぎになると思ったようだ。久造の手助けで甚左衛門が駕籠に乗り込むと、千夏は、足を折ったばかりの客だから、充分気を付けて行くよう駕籠かきに重ねて頼んだ。任せて下せぇ、と駕籠かきは請け合った。ゆっくり丁寧に行けば、さらに酒手《さかて》が増えると踏んだのだろう。そこへ照啓が戻って来て、これこそ霊験《れいげん》あらたかですとばかりに甚左衛門に御札を渡した。ただし、代金を取るのは忘れなかった。

甚左衛門は改めて世話になった礼を言ったが、千夏を見る目は何となく不安そうだった。この娘、幽霊について何をする気なのかと思っているに違いない。千夏は、頼み通りにゆっくりと進んで行く駕籠を見送りながら、送りに出て来た梨里に言った。

「明日か明後日、ちょっと付き合ってもらうわよ」

えっ、と梨里は身構える。

「今度は何をやらかそうってんです」

「幽霊退治」

千夏がにんまりすると、梨里は見る見る青ざめた。

四

「耕太郎さん、悪いわねえ。診療が休みの日に、無理に付き合わせちゃって」

上富坂町の家を出て、水戸様の広大な御屋敷の塀に沿って歩きながら、千夏は言った。

「何せ梨里はあんな具合だし」

千夏は後ろを歩いている梨里を、目で示した。梨里はいかにも足が重そうで、顔色もまったく冴えない。絶対行きたくないとだいぶごねたのを、無理やり引っ張り出したのだ。

「いえ、構いませんよ。先生にも、特に用がなければ一緒に行ってやってくれ、と言われましたから」

耕太郎は屈託ない調子で言った。父からは、千夏と梨里だけで行かせると何をするかわからないから、しっかり見張れとでも言われているのだろう。だが耕太郎自身は、千夏と出かけるのを楽しんでいるようだ。

「それに、こんなにいい天気ですし」

耕太郎は空を指した。澄んだ青空から、強い日の光が降り注いでいる。ちょっと暑く、日焼けが気になった。

「少なくとも、雷の心配はなさそうですよね」

梨里が呟いた。明らかに嫌味だ。千夏は手を振って黙らせる。

三人は湯島天神裏の切通《きりどおし》を抜けて不忍池《しのばずのいけ》の方へ進み、雷門を左に見て吾妻橋《あずまばし》を渡った。目指す寺島村までは、上富坂町から二里（約八キロメートル）ほどある。休まず歩いても丸々一刻の道のりだった。浅草の茶店で一息入れたので、甚左衛門の家に着いた時は、夕七ツ（午後四時）近かった。

「先触れは頂いていましたが、本当に幽霊を見に来られましたので」

出迎えた甚左衛門は、目を丸くして言った。

「はい。足の具合は如何《いかが》ですか」

千夏は愛想よく言った。甚左衛門は、おかげさまで痛みは引いて、杖を使えば動けますと答えた。耕太郎は早速、甚左衛門を布団に座らせ、副木を外して足を診た。

「うん、腫れも引いていますね。いい按配です」

甚左衛門は安堵した様子で、目を細めた。

「おかげさまで、助かりました」

「あと十日ほどは、出歩かないようにしてください。くれぐれも、無理はせぬよう。失礼ながらお年ですから、若い者より治りはどうしても遅くなるので」

それは承知しております、と甚左衛門は神妙に言った。

「ですので、今宵《こよい》は村の若い者に案内させます」

「明るいうちに一度、見ておきたいのですが」

千夏が言うと、甚左衛門は承知して、下働きに若い衆を呼びにやらせた。

「何かお考えがありますので」

甚左衛門が心配そうに聞く。しくじって幽霊を怒らせたりしたら、村に災いが及ぶとでも思っているのだろうか。

「はい。なのでこうして、出向いて参りました」

千夏はいかにも自信あり、と力強く言った。だがそれでも甚左衛門が疑わしそうにしているのは、脇に控える梨里が、すっかり怖気《おじけ》づいているのを見て取ったからに相違あるまい。しっかりしてよ梨里、と千夏は気合を送ったが、届いた様子はなかった。

間もなくやって来た庄吉《しょうきち》という若い衆の案内で、千夏たちは件《くだん》の寮へ向かった。庄吉によると、そこは五年ほど放置されたままになっているそうだ。今の持ち主は、はっきりしないらしく、前の持ち主が身代を潰してから、訪れた者を見ていないという。

「あれですよ」

甚左衛門の家から三、四町（一町＝約百九メートル）ばかり来た辺りで、庄吉が前を指した。目を凝らすと、木立の奥に屋敷らしきものが見えた。板塀を巡らせた、二百坪ほどはありそうな立派なものだ。下駒込のあの土地とは違い、建物は解体されず、そのままになっている。だが近付くと、板塀には穴が開いて蔓草が絡まり、母屋の屋根は瓦が幾つか落ちて、雑草が生えていた。塀の外から見る限り、誰の手も入っていないようだ。

「あの土蔵ですね」

耕太郎が、敷地の右隅にある蔵を指した。母屋に比べると頑丈なだけに、外から見る限りでは目立つ傷みはない。漆喰の白壁はだいぶくすんでいるが、ひび割れなどはなかった。塀越しではよくわからないものの、扉はちゃんと閉まっているようだ。

「あなたも幽霊を見たんですか」

千夏が聞くと、庄吉はかぶりを振った。

「見た奴は、みんな震え上がっちまって、金輪際《こんりんざい》ここに近付こうとしねえんですよ」

なるほど。まあ、無理もないか。

「で、どう思います。幽霊、本当にいると思う？」

これには庄吉は、何を言うんだと驚いたように答えた。

「そりゃあ、いるでしょう。甚左衛門さんまで見たって言うし」

村の人は皆、信じているわけか。それで、と庄吉は聞いた。

「甚左衛門さんの話じゃあ、あんた方は幽霊を鎮めに来たってぇことですが、本当にできるんですかい」

幽霊を鎮めるのは、坊さんか神官か修験者《しゅげんじゃ》の類いだ、と思っているのだろう。千夏たちは、どうやってもそうは見えまい。

「そのつもりです。まあ、お任せのほどを」

自信あふれる声を出したつもりだったが、庄吉にはあまり伝わらなかったようだ。祟られても知りませんぜ、という顔で「まあ、好きにおやんなせえ」と言われた。

そこで梨里が袖を引き、千夏の耳に口を近付けた。

「あの、ほんとに、今晩ここに？」

「そのために来たんでしょうが」

ちょっと苛立って口調を強める。振り向いてみると、梨里はこの世の不幸が全て振りかかってきたかのような顔をしていた。

入れるようなら入ってみましょう、と千夏は言い、塀に沿って表側と思われる方に回った。すると、反対側の塀の真ん中辺りに小さな門があった。傾きもせず、しっかり建っている。耕太郎が先に歩み寄り、木戸を押した。木戸は僅かに軋んだが、難なく開いた。

敷地の中は、かつては手入れされた庭だったのだろうが、今は草がぼうぼうに生えている。石灯籠と庭石は、草に埋もれながらもそのまま残っていた。母屋は雨戸が閉めきられ、暗く静まり返っている。がさがさっと音がしたのでぎょっとしたが、イタチが叢から顔を出し、侵入者と目が合うとあっという間に逃げ去った。

門から入って来ようとしない梨里はそのままにして、千夏と耕太郎は地面を見つめた。それからしゃがみ込み、倒れかかった草を押しのけてみる。思った通りだ。

千夏は薄笑いを浮かべた。

「耕太郎さん、どう見る」

千夏が声を掛けると、察したように耕太郎は地面を指差した。

「草が踏みしだかれた跡を、周りの草を覆い被せて隠そうとしてますね。村の人に隠れて、こっそり出入りしている者がいるようです」

そうだね、と返して、千夏は蔵の方を見た。扉には錆びた錠前が掛かっている。主のいない空っぽの蔵なら錠前など不要だろうに、これでは中を覗くのは無理だ。今のところは諦めておこう。

門から出た千夏は、待っていた庄吉に言った。

「ありがとうございました。これで勝手はわかりましたから、今宵の案内は要りません」

「え、そうですかい」

庄吉は、見るからにほっとした様子だ。やはり彼も、幽霊が怖いのだ。千夏は情けない顔をしたままの梨里の傍に寄った。

「大丈夫。もうだいたい見えたよ」

えっ、と梨里は眉を上げる。

「じゃあ、もう幽霊を見なくていいの？」

期待のこもった眼差しを向けられたが、千夏はにべもなく「いいえ」と言った。

「決着させるには、今晩ここに来なきゃ」

梨里は目に見えるほどに落胆した。


その晩、五ツ（午後八時）前に甚左衛門の家を出た三人は、寮の近くまで来ると道から外れ、塀から十五間《けん》（約二十七メートル）ほど離れた木の陰に陣取った。持って来た提灯《ちょうちん》は消した。周りはとうに暗くなっているが、半月の月明かりがあるので、何も見えないわけではない。寧ろ気にすべきは、こちらの姿が見られないようにすることだった。

「幽霊と言えば丑《うし》三つ時（午前二時）、と相場が決まってると思ったんですが、このは違うようですねえ」

耕太郎が軽口を叩いた。

「そりゃあ、そんな真夜中じゃ誰もこの辺を通ったりしないから、見てもらえないもんね」

千夏も軽口風に返したが、言ったことは大真面目な話だった。

「しかし、本当に出ますかね」

耕太郎は、少し懸念を示した。今まで聞いたところでは、幽霊は晴れた晩だからといって必ず出るわけでもないので、空振りになることもあり得た。

「出るわよ、きっと」

千夏は言い切った。それなりの根拠はあるのだ。

「それより梨里、もういい加減に手を放してくんないかな」

梨里はここに来てから、ずっと千夏の着物を摑んで離さない。時々歯が鳴るような音も聞こえるので、怯えまくっていることがはっきり伝わる。

「んなこと言われても……怖いものは怖いッ」

ヤケクソみたいに梨里が言った。千夏は唸るしかなかった。

それから四半刻も待ったろうか。左手の少し後ろの方で、草が擦れるような音がした。はっと千夏は緊張する。着物を摑む梨里の手に力が込められた。それをどけたいのを堪えて、千夏は耕太郎に囁いた。

「始まるみたい。耕太郎さん、そうっと道に戻ってから、ゆっくり歩いて来て」

「わかりました。手筈《てはず》通りに」

　耕太郎はできるだけ音を立てないようにして、道の方へ向かった。しばらくして道に、寮の方へと歩く耕太郎の影が現れた。よし、ここからだ。

　微かに、ひゅうひゅうと笛のような音が聞こえ始めた。梨里が「ひっ」と呻《うめ》いて、千夏の着物を千切らんばかりに引っ張る。それでも感心なことに、悲鳴など上げて全て台無しにしたりはしなかった。

　土蔵の壁が、ぱっと明るくなった。そこに、黒い影が映る。確かに、髪の長い女に見えた。背後で梨里が叫び出しそうな気配を感じ、千夏は慌てて梨里の口を手でふさいだ。

　最初はぼんやりした影だったのが、次第にはっきりしてきた。女の後ろ姿だ。黒い影だけで、顔などは見えない。やがてその影が、左右にゆっくり動いた。道の方には、耕太郎の影が見分けられる。立ち竦んでいるように見えるが、実際にはつぶさに幽霊の姿を観察しているのだ。

　幽霊は、甚左衛門が言った通り、ゆっくり左右に動き、大きくなったり小さくなったり、時にはぼやけたりを繰り返した。だがよく見ると、手も首も動いてはいない。手が動いたというのは、怯えた甚左衛門の見間違いだったようだ。

道に立つ耕太郎が、腕を上げた。何か指しているようだが、暗くてはっきりしない。千夏は、こちらだろうと見当を付けた方を向いた。すると、木立と草の陰に、微かな光が見えた。その脇で動く人影も、辛うじて見分けられた。

千夏は頭を抱えて震えている梨里を小突き、無理やりそちらを向かせた。

「見なよ梨里、あれが幽霊を仕掛けてる連中だよ」

えっ、と梨里は立ち上がりそうになる。その肩を何とか押さえ込んだ。

「仕掛けって、あれは……」

まだ半信半疑の様子で、梨里が聞く。千夏は「思い出してごらんよ」と小声で言った。

「両国で映し絵の見世物、見たことあるでしょう。それと同じよ」

「あッ」

梨里も思い至ったようだ。

「それじゃ……土蔵の壁に幽霊の映し絵を出してるっていうんですか」

「そう。あそこにいる連中が、風呂を動かしてるみたいね」

千夏は微かな灯りが見えた方を指した。風呂とは、映し絵に使う木箱のことだ。中に灯心を入れ、その灯りで箱の前に差し込んだ薄い硝子《ガラス》板に描かれた絵を、前の壁に映し出すのである。眼鏡と同じ硝子を組み合わせたり、灯心と硝子板の間を伸び縮みさせたりすると、像を大きくも小さくもできる。ごく単純で、子供騙《だま》しと言ってもいい仕掛けだが、信心深い純朴な者なら充分に騙せるだろう。

「あの微《かす》かな灯り。あれ、風呂の隙間から漏れてるのよ。映し絵を見せてるのは、影からすると二人ね。笛の音も、怖さを盛り上げるためのあいつらの仕込み」

「畜生、あの野郎……」

梨里の怯えが、千夏の謎解きに得心した途端、一気に怒りへと切り替わった。

「どうする。とっ捕まえようか」

ちょうど耕太郎が、幽霊に怯えて逃げたような動きをして、大回りしながら千夏たちのところに来た。映し絵の連中には、まだ気付かれていないようだ。

「向こうが二人なら、こっちは三人だし」

梨里はついさっきとは真逆に、やる気満々だ。千夏は慌てるなと袖を引いた。

「匕首とか持ってたら、まずいよ。あの映し絵の道具だけ、押さえましょう」

千夏は耕太郎に、段取りを話した。耕太郎は承知し、呼吸を計ってぱっと立ち上がると、映し絵を動かす二人の方に向かって怒鳴った。

「北町奉行所だ！　そこにいる者、神妙にしろ」

繁みの向こうではっきりわかる動きがあった。二人組が飛び上がり、道具を抱えて逃げようとしているのだ。千夏たちは、急いで追いすがった。御用提灯まではないが、向こうは今の耕太郎の声で、捕り方に追われていると思うだろう。

梨里が、千夏が止める前に真っ先に飛び出した。思ったより機敏だ。道具を抱えているらしく動きが遅い一人に向かって、袖を振った。

「うわっ」

二人組のうち一人が、声を上げて倒れこんだ。何かがぶつかり、割れる音がした。梨里がまた、腕を振り上げた。腕の影が変に長く見える。棒か木の枝のようなものを、持っているのだ。

「ちょっと、やり過ぎ！」

千夏は慌てて梨里に追いすがり、腕を摑もうとした。だが、声で女だと相手にばれてしまったようだ。逃げかけた影が止まり、逆にこちらに襲いかかってきた。しまった、と千夏は後ろに引いた。

引いたことで、梨里を摑もうとしていた手が離れた。途端に梨里は思い切り両腕を上げ、一気に振り下ろした。

鈍い音がした。相手の頭に命中したのだ。影が沈んで倒れ込む。それでも昏倒《こんとう》はせず、何とか起き上がり、乱れた足音を残して逃げ去った。残念ながら風呂などの道具は、無事だった仲間の方が代わりに持っていったらしい。梨里はまだ追おうとしたが、さすがに千夏と耕太郎が止めた。

「ちょっと、もういいから無茶しないで」

「ええっ、一人くらいは片付けられたのに」

梨里は不満そうに言った。やれやれ、時によっては千夏以上に無鉄砲だ。

「梨里さん、何を持ってるんだ」

耕太郎が聞くと、梨里は手にしたものを差し出した。やはり、太い木の枝だ。

「その辺にあったのが手に触れたんで、使えると思って取ったんです」

この辺の住人が、枝打ちした後、薪にするつもりで置いていたものだろう。梨里はこれで、あの連中の一人をぶん殴ったらしい。

「どんな奴か確かめる前に、逃げちゃいましたよ」

梨里は一人ぐらい殴り倒して、捕らえる気でいたようだ。止めて良かった、と千夏はほっとする。

「とにかく、甚左衛門さんのところに戻りましょう。後は明るくなってから、確かめればいい」

耕太郎の言う通りだ。千夏は梨里を促し、置いてあった提灯を拾い上げて火を灯すと、甚左衛門の家に向かった。


「映し絵ですって。何とまあ」

起きて待っていてくれた甚左衛門は、千夏たちから話を聞いて目玉をぐるぐる回した。

「そうなんです。明るくなってから調べれば、何か証《あか》しが残っていると思います」

物が割れる音は確かに聞こえたので、欠片《かけら》のようなものが落ちているかもしれない、と千夏は期待している。

「まさか、作りものの幽霊とは。酔狂なことをするものですなあ」

「いや、酔狂ではないでしょう。やるだけの理由があったはずです」

耕太郎が言った。甚左衛門は怪訝《けげん》な顔をする。

「理由と申しますと」

「あの寮に、誰も近付けたくなかったんだと思います」

あ、なるほど、と甚左衛門が膝を打った。

「確かに幽霊の騒ぎが起きてから、誰もあそこに寄り付かなくなりましたからな」

ということは、と甚左衛門が考えながら続ける。

「勝手にあの寮の跡を使って、悪巧みをしている者がいる、ということですか」

「ええ。たぶん、あの土蔵でしょう」

「何か良くないものを隠している、ということですな」

甚左衛門も概《おおむ》ね事情を察したようだ。

「わかりました。朝になったら、皆で行ってみましょう。その上で、怪しいところが見つかれば御領主様に申し上げて、調べていただきます」

「はい。こちらは八丁堀に懇意のお方がいますので、そちらにお話ししておきます。あの連中は、江戸の市中から来ているに違いないですから」

はい、お願いいたしますと甚左衛門は頭を下げた。それから、思い出したように問うた。

「それにしても、今晩間違いなく幽霊が現れると見越しておられたようですが。あれは晴れた晩に必ず出るというわけでも、ありませんでしたのに」

「ああ、それは」

千夏は微笑んで答えた。

「幽霊が悪者の仕業なら、この村に見張りを置いているでしょう。私たちが来たことにも、気付いたはず。でも来たのは役人ではなく、娘二人と優男《やさおとこ》一人です。怖いもの見たさにやって来た間抜けだろう、と思いますよね。そういう奴なら逆に幽霊を見せつけてやれば驚いて逃げる、と侮るに違いない、と考えたのです」

もし役人の手先と思ったら、土蔵か寮に隠したものを急いで撤収したはずだ。だが、そんな痕跡はなかった。

「ああ、それは道理ですな。いや、感服いたしました」

さすが蘭学をなさるお方は、手前どもとは違ってお頭がよろしいのですなあ、と甚左衛門は言った。一瞬皮肉かと千夏は思ったが、甚左衛門の顔からすると、正直な思いらしい。いえそんな、と照れ笑いを返しておいた。

夜が明けるとすぐに、甚左衛門は触れを回して村の衆を呼び集めた。幽霊が実はからくり仕掛けだった、と聞いた村の衆は、ある者は憤り、ある者は安堵し、ある者はまだ半信半疑、という態《てい》だった。甚左衛門はその中から、腕っぷしの強そうな若い者を五人選んで引き連れ、無理するなと皆が止めるのを大丈夫と言い張り、庄吉におぶってもらいながら千夏たちと一緒に寮に向かった。

寮に着くとまず、あの映し絵を扱っていた連中がいた場所を探ってみた。すると、すぐに土の上に箱を置いていたらしい跡が見つかった。その周りにさらに目を凝らすと、何か光る物がある。千夏は手を伸ばし、それを拾い上げて満足の笑みを浮かべた。

「見てよこれ。硝子板の欠片。幾つか落ちてるわ」

ああ、と梨里が覗き込む。

「そう言えば、何か割れる音がしてましたっけ。逃げる時に、幽霊の絵を映していた硝子板、割っちゃったんですね」

「そうね。暗いから欠片は拾い切れなかったのね」

なおも捜すと、さらに大きな欠片があった。日に透かすと、まさしく幽霊の手が浮かび上がった。甚左衛門と庄吉にそれを示したところ、すっかり得心した庄吉が怒りの声を上げげた。

「俺たちの村で、何て悪戯しやがるんだ」

悪戯くらいならいいんだけど、と千夏は思った。これだけ面倒な仕掛けをする以上、大きな悪事が隠されているに違いない。

「じゃあ、蔵の方を見てみましょう」

ひとわたり周囲を確かめてから、耕太郎が言った。皆は一列になって、寮の門を入った。

「ちょっと待って」

先頭にいた千夏が、皆を止めて足元を指した。

「昨日見た時より、草が踏み潰されてる。大勢で重い物を運んだみたいに」

それは、と耕太郎が顔を顰め、蔵に駆け寄った。

「錠前はきちんと掛かってますね」

「中身を運び出してから、すぐにはわからないように錠前を掛け直したのよ。でも、地面についた痕は消せなかったようね」

錠前を壊して中を見てみましょうか、と耕太郎が言った。だが甚左衛門は、それは御役人が来てからの方がよろしいのでは、と止めた。確かに、勝手に錠前破りをするのはまずかろう。

「一晩中見張って、蔵から物を運び出すところを押さえれば良かったですね」

梨里が口惜しそうに言った。千夏もそれは考えなくはなかったが、そうなると相手は二人や三人ではないかもしれない。千夏たちだけで太刀打ちするのは無理だ。引き上げたのは正解だろう。

「ここが今は誰の持ち物なのか、はっきりわからない、ということでしたね」

千夏は甚左衛門に確かめた。甚左衛門は申し訳なさそうに、そうだと認める。

「名主である手前のところには、何の断りも来ておりません。元の持ち主が江戸を出て行く時にも、挨拶はありませんでしたし」

夜逃げ同然だったらしいから、挨拶どころではなかったのだろう。甚左衛門が言うには、借金のカタに差し押さえられたはずだが、その後の売買については全然音沙汰がない、とのことである。

「土地売買の証しになる沽券《こけん》は、差し押さえたお方が持っているはずですが」

寺島村でも、持ち主が身代を潰して放置されている寮、というのはここが初めてではない。関わるのは面倒だと、近隣の村でもそのままにしているところが多かった。しかしこうなっては、知らぬ顔もできまい、と甚左衛門は言った。

「名主としての務めでもありますので、詳しく調べることにします」

村のことで不手際や怠慢があれば、叱責されるのは甚左衛門だ。腰を上げざるを得まい。千夏たちは、よろしくお願いしますと言って、今日のところはこれで帰ることにした。

「いったいどこのどいつの仕業でしょうね」

大川沿いを歩きながら、梨里が言った。この辺りは堤に沿って桜の木が並び、春ともなれば多くの花見客が満開の桜を愛《め》でつつ、しばしの宴《うたげ》を楽しむのだが、今はよく繁った葉桜の緑濃い景色が続くばかりで、人通りは多くない。

「それは今のところ、見当もつかないわ」

千夏が返した。蔵に見られては困る物が隠してあったのは間違いないと思うが、それが何だったのかについての手掛かりは、何もない。

「運び出したとすれば、夜中に荷車だと、見つかった時に厄介ですね。やはり舟でしょうか」

大川の流れを見やりながら、耕太郎が言った。昼間の大川には、多くの舟が荷を積んで行き交っている。今の季節、夕涼みの舟が多いとはいえ、夜中に舟が出ていれば怪しまれるだろう。それでも、川伝いなら見咎《みとが》められる心配は減るはずだ。

「そうかもね。でもまずは、井沢さんに知らせましょう」

謎が多い話だが、井沢なら八丁堀同心として、何か手を打ってくれるだろう。間もなく吾妻橋が見えてきた。橋は仕事に出かける人々で、早くも混み合い始めている。ほとんど徹夜だった千夏は、眠気を催してきて大欠伸《おおあくび》をした。

五

泊まりになるだろうと言い置いていたとはいえ、順道はだいぶ心配していたようだ。

「幽霊騒ぎは、やっぱり何かの悪巧みか。そんなところへ、まともに首を突っ込んじゃいかんよ」

無事な姿にほっとしながら、順道は苦言を呈した。

「ごめんなさい。でも、人の心配を取り除いて差し上げるのも、医術のうちですから」

千夏はだいぶ無理のある言い訳をした。横から耕太郎が取りなす。

「この後は井沢さんに話して、お任せしようと思います」

当然だ、と順道は言い、甚左衛門の足の具合を尋ねた。耕太郎が順調で問題ないと答えると、順道はようやく表情を緩めた。

井沢の反応は、思ったよりも鈍かった。

「幽霊騒ぎを起こした奴がいる、ってぇのはわかりました。しかし、何か大きな悪巧みがあると決めつけるのは、どうですかねえ」

そもそも、寺島は町奉行支配地の外ですしねえ、と井沢は渋い顔で言う。確かに町奉行支配は小梅村までで、寺島村はその少し北側の旗本領になる。だが、村の中だけで起きた喧嘩や土地争い程度の揉め事ならともかく、大きな一件は大概、江戸市中の人間が絡んでいる。領主と申し合わせの上、町奉行所が出張ることも珍しくはない。

「井沢さんは、どうお思いに。ただの悪戯だと言われるんですか」

素っ気ない態度の井沢に、千夏は少しばかり気色ばんだ。それを見て、井沢は少し言い方を改めた。

「いや、悪戯と言うにゃァ、手が掛かり過ぎてる。何かの思惑があるのは間違いないでしょう。しかし、蔵の中にあった物を見たわけじゃないし、そもそも物があったのかどうかも、わからない」

運び出したような痕が地面に付いてる、ってだけではねえ、と井沢はかぶりを振った。

「上の方に話を通して調べに出張るには、まだ弱いんですよ」

はあ、と千夏は溜息をついた。落ち着いて考えれば、井沢の言うことも間違ってはいない。

「もっと何か証しを探して来い、と？」

いやいや、と井沢は手を顔の前で振った。

「御医者の娘さんが、これ以上余計なことに手を出しちゃいけません。今回は、幽霊のからくりを見破って寺島の連中を安心させた、ってことで良しとしましょうや」

おとなしく自分のすべきことをしていろ、か。不満は残るが、千夏は「はあ」と曖昧に応じるしかなかった。

四日後のこと。久造が来客を告げに来た。診療ではないという。

「寺島村の庄吉さんと言ってますが」

ああ、と千夏はすぐに座敷に通すように言った。甚左衛門の用事だろうか。

「先日は大変お世話になりまして、村の者も皆、大変喜んでおります」

千夏が応対に出ると、庄吉は丁重に礼を述べて、懐から文を取り出した。甚左衛門から預かって来たという。

「あの寮について、わかったことをお知らせするようにと」

甚左衛門は、約した通りいろいろ調べてくれたようだ。自身は出かけられないので、村方の勘定を引き受けている者に頼んだらしい。

「甚左衛門さんの足の具合は？」

あの晩、無理をしていたので心配して千夏が聞くと、だいぶ良くなって、杖をついて歩く稽古を始めたと庄吉は答えた。最初から無理はせず、徐々にやるよう伝えて、と頼んで駄賃を渡し、庄吉を帰らせると、千夏は奥に入って文を開いた。

そこには、寮の現在の所有者を突き止めた、と書かれていた。それによると、やはり元の持ち主へ金を貸していた金貸しが、証文に従ってまず寮を手に入れたそうだ。金貸しはすぐに売ろうとしたが、意に反してなかなか買い手がつかなかった。困っていたところ、一年ほどしてからある商人が金貸しのところに来て、寮を買いたいと言った。金貸しは喜んで売り、証文を交わした。だが、沽券のやり取りは何故かなかったようだ。ならば、領主には届出がなされていないのだろう。それでも、買った者の名は文に記されていた。

「橘町《たちばなちょう》二丁目の四兵衛《よへえ》か……」

千夏は声に出して呟いた。生業《なりわい》は何なのか、などは書かれていない。金貸しも四兵衛なる者も、初めの持ち主が手放して以降に、あの寮を訪れたことは一度もない、と甚左衛門は改めて断じていた。

千夏は甚左衛門の文を、耕太郎と梨里にも見せた。梨里は文に目を通すと、眉をひそめた。

「このくらいなら、調べようと思えばいつでも調べられたでしょうに。今まで放っておくなんて」

名主として怠慢ではないのか、とでも言いたげだ。それは気の毒だろう。

「江戸の金貸しなんかに、関わりたくなかったんじゃないかな。とにかくこれで、今は誰のものなのかはわかった」

「はあ、わかりましたが……」

耕太郎は少し心配そうな顔になった。千夏が次に言い出すことを予想したようだ。

「それを井沢さんに知らせるんですか」

「いいえ。井沢さんはその気がないみたい。だから、私が見に行ってくる」

やっぱり、と耕太郎が顔を顰める。

「先生にも井沢さんにも、関わりないことに首を突っ込むな、と言われたでしょう」

「関わりがないってわけじゃないわ。幽霊の正体を突き止めたのは私たちだし」

その時点で余計なことに首を突っ込んでるじゃないですか、とぼやく耕太郎には取り合わず、千夏は梨里に言った。

「昼から橘町に行ってみよう」

梨里は乗り気のようで、すぐに「はい」と返事をした。騙されて酷く怖がらされたのを、根に持っているのだ。耕太郎は仕方なく、「それじゃ私も」と言いかけた。だが、千夏はそれを止めた。

「あなたは診療があるでしょう。昼間に見に行くだけなら、人目もあるんだし私たちだけで大丈夫よ」

いやしかし、と食い下がる耕太郎を、診療部屋から順道が「おーい」と呼んだ。

「新しい怪我人が来られたぞ。こっちへ来て、診てやってくれ」

「はい、わかりました」

返事をしたものの、まだこちらを気にする耕太郎に、「父上には内緒よ」と念を押す。耕太郎は諦めたように天井を仰ぐと、診療部屋の方に向かった。

橘町は浜町堀《はまちょうぼり》の東側で、昔近くにあった本願寺参りの人々に、御供えの生花である「立《た》て花《ばな》」を売る店が多かったことで付いた名だ、と耳にしたことがある。本願寺はとっくに引越し、今はもう花売りの店などもなくなって、普通の町並みだ。

二丁目に行くと米屋があったので、四兵衛を知っているかと聞いてみた。米は誰でも必ず買いに来るから、町内の者なら知っているはずだ。

ところが、思わぬ答えが返ってきた。

「四兵衛さんですか？　ええ、知ってますが、去年亡くなりましたよ」

えっ、と千夏と梨里は驚く。では、あの寮は誰のものになるのだ。

「お子さんとか、縁者の方は」

「おかみさんは三年ほど前に亡くなってるし、確か子供はなかったですよ」

兄弟は、とも聞いてみたが、四兵衛の家への出入りはなかったらしく、米屋は知らなかった。千夏は落胆した。

「それで、お住まいはどちらだったんですか」

「その二つ先の角を入ったところの長屋です」

これまた意外だった。寮を買い取るほどの財を持った者が、どうして長屋暮らしなんだ。

とにかく見てみようと、示された角を曲がって長屋に入った。そこはなかなか立派な建て方で、九尺二間のありふれた裏店《うらだな》とは違い、各家がその倍ほどはあった。建て方も柱が太くしっかりしており、そこそこ裕福な人が暮らす長屋と見える。だがそれでも、寮を買うというのはさすがにそぐわない。

ちょうど井戸端に出て来た四十くらいのおかみさんを摑まえ、四兵衛のことを聞いてみた。おかみさんは、見慣れない娘たちにちょっと不審を覚えた様子を見せたものの、二人が精一杯愛想のいい笑みを向けると、気を許したらしく答えてくれた。

「風邪をこじらせたらしくてねえ。四、五日咳き込んで苦しそうにしてたけど、そのまま。気の毒だったねぇ」

風邪から肺炎になったらしい。高齢の人にはよくあることだ。葬儀はどうしたのかと聞くと、大家さんと長屋の者で済ませ、親族などは来なかったという。兄弟も子もいないのは、本当のようだ。

「お仕事は何をされてたんですか」

おかみさんは、どこかの番頭をしていて引退したのだ、と話した。

「ここで隠居暮らし、ってことですよ。船か何かを扱う大店だったらしいけど」

そうですかと応じてから、千夏はちょっと気になってさらに聞いた。

「そのお店、名前はわかりますか」

「名前？　はあ、えーっと何だったかねぇ」

おかみさんは考え込んで、頭を左右に向けた。そして間もなく、隣家の庭に生えている松の木に目を留め、手をぽんと叩いた。

「そうだ、若松屋。廻船問屋の若松屋さんだよ」

橘町を出て浜町堀の河岸を神田川の方に歩きながら、梨里が顔を寄せて言った。

「いったいどうしたんです。若松屋って聞いた途端、眉が吊り上がったみたいだけど」

心当たりでも、と聞いてくる梨里に、千夏は声を潜めて、先日、井沢が話していったことを伝えた。梨里の目が見開かれる。

「殺し？　番頭さんが？　四兵衛さんの後釜の人ってことですか」

「後釜かどうかはわかんないけど、何だかおかしなことになってきたわ。若松屋の番頭だった人が、あの寮を買ってたなんて」

小さな仕舞屋《しもたや》程度ならともかく、隠居の番頭が何百坪もある寮を買えるとは思えない。名前を出したくない者が、四兵衛を隠れ蓑にして買ったのだ、と考えるべきだろう。そうなると、若松屋が何らかの形で絡んでいることは充分にあり得る。

「とにかく、これで井沢さんも関心を持ってくれそうね」

期待を口にして、千夏は眼鏡を押し上げた。


帰り道、井沢がよく寄っている須田町《すだちょう》の番屋で、居場所を聞いてみた。見回りの道順はだいたい同じなので、もう少ししたらここに立ち寄るだろうと番屋の小者は言った。千夏と梨里は、そのまま待たせてもらうことにした。

四半刻ほど経って現れた井沢は、千夏と梨里が小上がりに座っているのを見て、驚いた顔をした。

「お二人とも、こんなところでどうしたんです」

千夏は微笑み、「ちょっと気になることを摑みました」と告げた。井沢は、また余計なことをとばかりに苦い顔をしたが、「聞きましょう」と腰を下ろした。

甚左衛門が四兵衛のことを突き止めた、というくだりではまだ興味が薄そうな顔をしていた井沢だったが、思った通り、若松屋の名が出た途端に顔を引き締めた。

「ほう、若松屋の番頭だった男が、ねえ」

口調は抑えているが、目の輝きを見れば関心の深さがわかる。

「どう思います。若松屋さんが、あの寮の本当の持ち主だということは？」

踏み込んで聞いてみた。井沢の眉が動いたが、はっきりした返事をしなかった。それは逆に、今のが的を射ているのだと千夏には思えた。

「いやどうも、話を聞かせてもらってありがとうございました」

井沢はいきなり立ち上がった。千夏が食い下がる前に、話を打ち切りたかったようだ。妙に急いで番屋を出て行く後ろ姿を見て、梨里が言った。

「何だか慌ててるみたいだけど、思うところがあるんですかね」

千夏は、ニヤリとする。

「明日か明後日には、わかるでしょうよ」

千夏の言った通り、翌々日には井沢がどう動いたか、わかった。庄吉が朝からまた畠中家にやって来たのだ。

「度々お邪魔いたしやして」

庄吉は恐縮気味に挨拶した。寄越したのはやはり甚左衛門で、野良仕事が忙しいはずなのに使いを頼むからには、余程大事なことなのだろう。しきりに汗を拭く庄吉に、梨里が冷たい井戸水を湯呑みに注いで出してやった。

「ご苦労様。それで、どうなすったんですか」

庄吉が水を飲み干すのを待って、千夏が聞いた。

「へい。実は昨日、町奉行所の御役人方が二十人ほども来られまして、ご領主様のご家来お立会いのもと、あの寮を根こそぎお調べになりました」

「え、そんな大勢で」

井沢、或いは旗本家の者が調べに行くだろう、とは思ったが、それほどの人数を繰り出すとは只事ではない。

「それこそ、板を剝がして土を掘り返すほどの大騒ぎでした」

「いったい何を捜してたんでしょう」

「あっしらも、幽霊の悪戯の一件にしちゃ大袈裟過ぎるってんで、旦那方に聞いてみたんですがね。何も話しちゃくれませんでしたよ」

「甚左衛門さんも、何も聞かされてなかったんですか」

そうなんで、と庄吉は答えた。名主にすら何も教えず、大掛かりな調べをするとは、並のことではなさそうだ。

「御役人の方からは、何を聞かれましたか」

「この半年くらいの間、寮に出入りした者はないか、ってしつこく聞かれましたよ。でも、この前お嬢さん方にも言った通り、俺たちは何も見てねえんで」

「蔵の中も、調べたんでしょうね」

「へえ、そこに一番人手を掛けて。でも、何も出なかったようですねえ」

ただ、千夏たちが拾って甚左衛門のところに置いていった硝子板の欠片は、全部持って帰ったという。

「本当に、何をお調べだったんでしょうねえ」

庄吉は首を捻りつつ、嘆息するように言った。村中がすっかり落ち着きをなくしているそうで、それも当然だろう。千夏は「番頭殺し」という言葉を出しそうになり、慌てて止めた。井沢が寺島村で何も言わなかった以上、ここで勝手に口にするのは良くない。それに、単なる殺しの調べであれば、何十人も繰り出す必要はあるまい。

「私にもよくわかりません。また何かありましたら、教えて下さいね」

千夏は庄吉を労《ねぎら》って、送り出した。梨里がすぐ、傍に寄ってくる。興味津々の様子だ。

「井沢さん、あたしたちの話を聞いてすぐに、手配りしたんですね」

「そうみたい。奉行所にしては、ずいぶん仕事が早い。裏に何か、大きなことがありそうね」

「でも、井沢さんに聞いても教えてくれないでしょう」

それは梨里の言う通りだ。甚左衛門にも言わないことを、本来関わりのない私たちに教えるとは思えない。だが先日ここへ来た時、敢えて若松屋の話を井沢から出したことが、またちょっと気になってきた。

「何か聞き出す手はないかしらねえ」

千夏が思案を始めると、急に梨里が「そうだ」と手を叩いた。

「今日、昼から先生の蘭学の講義があるでしょう」
梨里は千夏の耳元に、思い付きを囁いた。ふむ、その手があるか。千夏は、にんまりした。

順道は医術以外の蘭学にも造詣が深く、医療の傍ら、五日に一度、午後の二刻(約四時間)ほどを使って蘭学を志す若者に手ほどきをしている。塾というほど大層なものではなく、蘭語と薬学、天文、地理などの初歩を教える程度だ。本気で蘭学を志す者には物足りないだろうが、蘭学好きの大店の倅《せがれ》や、今後の仕事のため西洋知識の基礎ぐらいは得ておきたい、という下級の役人などが十人ほど、通っていた。千夏を蘭学小町などと呼び始めたのは、この連中だ。

その中に、南町奉行所吟味方与力の倅がいた。いずれは父の跡を継いで与力になるだろうが、今はまだ見習い修業中の身だ。千夏はこの、田上勝之進《たがみかつのしん》という若者に目を付けた。与力の家に育った者にしては人当たりが良くお人好しで、頼み事をするには丁度良い。

千夏はしばらく書見をして過ごした後、耕太郎が簡単な治療をするのを手伝いながら、順道の講義が終わるのを待った。夕七ツの鐘が鳴ると、講義部屋がざわつく気配がして、まず順道が、その後に若者たちがばらばらと廊下に出て来た。千夏は順道に「お疲れ様です」と声を掛けてから、勝之進を探した。

うまい具合に、勝之進は最後に出て来た。これなら他の者に話を聞かれずに済む。千夏は勝之進の前に出ると、にっこり微笑んだ。

「勝之進様、お勉強お疲れ様でした」

いきなり千夏に呼び止められ、勝之進はどぎまぎした。ニキビの残る童顔なので、何だか可愛い。

「あ、はい、いえ、先生にはいつもお世話になり、大変有難く」

勝之進は傍目《はため》にもわかるほど顔を赤らめ、視線を下げた。前に梨里が、勝之進はどうも千夏に気があるようだと言っていたが、この様子を見ると本当らしい。千夏にはその気がないのにこれを利用するのは少し気が咎《とが》めたが、この際だ、と割り切ることにした。

「実は勝之進様に、ちょっとご相談があるのですけど」

えっ、と勝之進が上気する。

「は、はい。何なりと」

千夏はかいつまんで、寺島村での話をした。

「何か大きなお調べが入ったらしいのですが、村には何もお話がなく、皆が不安になっているそうなのです」

名主の甚左衛門がここで治療を受けたことで、縁ができたのだと千夏は説明する。

「甚左衛門さんはこのことで名主としての責めを感じ、大層お気に病まれまして、足のお具合もすぐれず、このままでは臥せってしまわれるのではと、皆心配しております。できればご心痛の因《もと》を取り除いて差し上げたいのですが……」

千夏は甚左衛門の様子をかなり誇張して伝えた。勝之進も顔を曇らせる。

「千夏さんは、そのお方のことをそこまで気にかけておいでですか。治療したというご縁だけで」

聞きようによっては、何故それほどにと不審がられるところだが、勝之進は千夏さんは何と心優しいお方かと感動してくれたようだ。

「要は、そのお調べが寺島村に禍《わざわい》とはならない、と得心できれば良いのですね」

腑に落ちましたと勝之進は大きく頷いた。

「吟味方与力である我が父であれば、何か知っていましょう。お任せください」

勝之進は期待通りの返事をした。千夏は神妙に頭を下げる。

「そうしていただけましたら、私も村の人たちも、安堵できます」

上目遣いに言ってやると、勝之進はさらに奮起したようだ。次の講義の時とは言わず、明日にでもお知らせいたしますと胸を張り、足音高く出て行った。

「千夏さんたら、悪い人」

いつの間にか後ろに来ていた梨里が、耳元で言った。

「あんたが、けしかけたんでしょうが！」

腹に肘打ちを食わせると、梨里はくすくす笑った。


自身で言った通り、勝之進は翌日の昼過ぎにやって来た。顔を紅潮させているので、取り次いだ久造は怪訝な顔をしていた。

千夏が座敷に入るなり、勝之進は勢い込むようにして、早速告げた。

「わかりましたよ。なかなかに大きな一件です」

やはり、殺しだけではなかったか。

「どのようなことだったのでしょう」

「抜け荷です。若松屋という廻船問屋に、抜け荷の疑いがかかっているのです」

「え、抜け荷ですか」

なるほど、廻船問屋が抜け荷に関わる例は、時々ある。ということは、あの蔵には抜け荷の品が隠されていたのか。ならば大掛かりな調べが入ったのもわかる。

「御府内に直《じか》に抜け荷の品が運び込まれたとなると、奉行所の面子《メンツ》に関わります。それで定廻り、隠密廻りなど廻り方同心には御奉行直々《じきじき》の御指図が出ていたようで」

そうなると、番頭殺しも抜け荷と関わっている、ということだろう。井沢が常より熱心になるのも当然だ。あの寮の蔵は、抜け荷の品の隠し場所として使われていたに違いない。あそこは大川の岸辺のすぐ近くで、舟で品物をこっそり運び込むにはちょうどいい。空家になっているのを知って、隠居した四兵衛の名を使い、若松屋が表に出ないようにして買い取ったのだ。沽券を動かさなかったのも、領主から御上に知られるのを避けたかったからだろう。

「そうだったのですね。でも廻船問屋の抜け荷なら、寺島村は全く関わりのないこと。伝えてあげれば、村の人たちは胸を撫で下ろすでしょう」

本当にありがとうございましたと畳に両手をつくと、勝之進は却って恐縮したように、額の汗を拭った。だが、用は済んだのに立とうとしない。何か迷っているようだ。どうしたのかと様子を窺っていると、意を決したように勝之進は、おずおずと切り出した。

「あの……千夏さんは、その、甘味などはお好きで」

は？　甘味の嫌いな娘など、滅多にいるものではないが。

「ええ、もちろん好きですが」

「そ、そうですか。良かった」

勝之進は真っ赤になって、額の汗を拭っている。

「ええと、りょ、両国回向院《えこういん》の近くに、葛餅《くずもち》の大変美味しい店があるのですが、その、もしよろしければ近いうちに……」

おっと、そう来たか。これは困ったぞ。あまり無下にもできないし……。

「はい、ありがとうございます。でもその、父が……」

言い訳しようとしたところに、襖の向こうから梨里の声がした。

「千夏さん、耕太郎さんが治療の手伝いをお願いしますと」

あ、と勝之進はいかにも残念そうに眉根を寄せた。すかさず千夏は頭を下げる。

「済みません、呼ばれてしまいましたので、失礼いたします」

もう一度礼を言ってから、千夏は座を立った。勝之進も渋々、といった感じで立ち上がる。

「で、では本日はこれにて」

勝之進が去るのを見送ってから、千夏は梨里に言った。

「手伝いなんか要らないんでしょ。今のは助け舟？」

まあね、と梨里は笑う。

「勝之進さんに頼むのは、あたしが言い出したことだし、尻拭《ぬぐ》いくらいは」

千夏は梨里を睨んだ。

「あんたの方が、余程人が悪いじゃない」

梨里はぺろっと舌を出した。

この抜け荷のことを寺島村に知らせるかどうか、千夏はしばらく思案した。だが今のところ、若松屋に関しては証しが挙がっていないようで、お調べも内々で進んでいるらしい。となると、勝手に漏らせば勝之進にも迷惑がかかるだろう。機会があるまで、甚左衛門たちに話すのは控えておくことにした。

「じゃあ、この先はどうするんです」

梨里が聞いた。さて、と千夏は考えたが、もとよりこれは奉行所の仕事で、行きがかりで関わったとはいえ、本来千夏たちが動くべき話ではないのだ。

「井沢さんに任せて、おとなしくしていましょう」

梨里もほっとしたように「それがいいです」と言った。

六

二日ほどして、畠中家に来客があった。唐物《からもの》や薬種を商う糸島屋《いとしまや》の主人、徳吾郎《とくごろう》だ。

「やあ糸島屋さん、しばらくだねえ」

順道は機嫌良く迎えた。畠中家で使う薬の半分以上、特に清国《しんこく》や阿蘭陀から入る薬は、ほとんどこの糸島屋から仕入れている。もう十年以上の付き合いだった。

「仕入れに出ておりましたので、しばらくご無沙汰しておりました」

申し訳ございません、と頭を下げるのに、詫びる話ではないと順道が笑う。

「いい薬をどんどん仕入れていただければ、こちらも有難い。長崎へ行ってたのかね」

「はい。会所の方に挨拶して、新しい物をいろいろ買い付けてまいりました」

長崎での貿易を一手に取り扱う長崎会所の仲間には、長崎だけでなく江戸、大坂、京などの商人も名を連ねており、糸島屋もその一つだった。それがどれほどの利を産むのかは、千夏にも測りかねた。

だが糸島屋徳吾郎は利だけに走る商人ではなく、人のためになると思えば、良い薬を出来得る限り安く仕入れ、ぎりぎり損をしない程度の値で流してくれることも度々《たびたび》あった。そのため順道も千夏も、徳吾郎には大きな信を置いている。徳吾郎もそれに応え、普段は番頭が対応しているのだが、時々こうして自ら挨拶にやって来る。

「何か新しい、良い薬はありましたかな」

「はい。とりわけ新しいというものではないですが、阿蘭陀からエーテルが少し多めに入りましたので」

エーテルは、麻酔に使うものだ。切開などが必要な時は、痛みを麻痺させて施術するのに、大いに役立つ。

「それはいい。うちでも少し貰おう」

「承知いたしました。それと、薬ではないですが、葡萄酒の良いものも少々」

それを聞いて、順道は目を細めた。いい酒には目がないのだ。気に入った酒を長くかけてちびりちびり、というのが順道の飲み方だった。泥酔するような深酒はしないので、千夏も文句は言わないことにしている。

「なあに、酒は百薬の長、西洋でも葡萄酒は立派な薬だよ」

「はは、なるほど。ではそちらの方も、見繕いまして」

うんうんと満足そうに頷いてから、順道は顔に懸念を浮かべた。

「西国ではまた疱瘡が出ているそうだが」

ああ、はい、と徳吾郎は硬い顔になった。

「確かに出ております。ですが今は種痘がだいぶ行き渡ってまいりまして、昔ほどの大きな流行りにはならないかと」

ならばいいが、と順道は言ってから、残念そうな顔になる。

「この江戸では、知っての通り漢方医連中がうるさくて、まだ種痘ができていない。先日品川で疱瘡が出たそうなので、ちょっとしくじると江戸では一気に広まるかもしれん」

それは困ったことですな、と徳吾郎は顔を曇らせた。

「種痘は効果があると既にわかっているのに、漢方医の思惑で邪魔されて助かる者も助からない、などということになれば、医者とはいったい何だ、という話になりますな」

順道は、その通りだと頷いた。だが千夏は、ちょっと驚いた。徳吾郎の言い方が、ずいぶん強かったからだ。そこで千夏の表情に気付いたらしい順道が言った。

「糸島屋さんは、だいぶ前にお子さんを疱瘡で亡くしておるんだ」

ああ、そういうことだったのか。千夏は、失礼しましたと詫びた。徳吾郎は、いえ、とんでもないと手を振った。

「手前こそ、つい言い方がきつくなりましたようで、相済みません」

ではありますが、と徳吾郎は続けた。

「種痘はあくまで、疱瘡にならぬための方法です。疱瘡にかかってしまっても、これを治せる手立てがあるなら、一番良いのですが」

種痘は受け容れ難いというお方も、まだたくさんいらっしゃいますから、と徳吾郎は言う。千夏はこの前の梨里の反応を思い出して、さもありなんと思った。が、また徳吾郎の言い方に何かを感じた。考えていることがあるようだ。

「糸島屋さん、もしやその手立てにお心当たりでも？」

徳吾郎は、ぎくっとしたように眉を吊り上げた。が、すぐに一息ついて表情を緩めた。

「さすがは千夏様、見抜かれてしまいましたか」

そこで徳吾郎は、声を低めた。

「実は、疱瘡によく効く薬があるらしいのです」

え、と順道と千夏は目を瞬《しばた》く。

「それは、症状を軽くするとか痛みを取るとか、発疹を抑えるとか、そういうものですか」

一旦発症してしまえば熱さましくらいしか処方できないから、効果のある薬があるなら有難い。だが徳吾郎は、それだけではないと言った。

「その薬を使えば、数日を経ずして快癒し、あばたもあまり残らない、とのことで」

何と、と順道は驚きを露わにした。

「それは特効薬ではないか。そんなものがあるなら、是非早急に使わねば」

現物はあるのか、と順道は迫った。いえ、と徳吾郎は残念そうに言う。

「まだ手に入れてはおりません。手配りはいたしておりますので、遠からず手元に届くと存じますが」

「そうか。しかしそれは、何よりの朗報だ」

順道は手放しで喜ぶ気配だ。だが千夏は、もっと冷静だった。

「待って下さい父上。私も今まで疱瘡に関する蘭書を読みましたが、特効薬のことなど全く出て来ませんでしたよ」

うん？ と順道は満面に浮かべていた笑みを消した。自分でも思い出したようだ。

「そうか。確かに儂も、そんな記述は目にしたことがない」

順道は改めて徳吾郎に、どこから出た話なのかと聞いた。

「はい。手前が聞くところでは、印度《インド》に昔からあった薬を混ぜ合わせると、効き目があることがわかったとか。西洋でできた薬ではないので、蘭書にはまだ載っていないのかもしれません」

徳吾郎は、清国と親しく交易している者からのまた聞きだ、と断って言った。

「ふむ、印度か。確かに西洋ではないから、向こうの連中が認めていないのかもしれんな」

順道は得心しかけているようだが、千夏はなおも言った。

「でも印度は、だいぶ前から英吉利《イギリス》国の領地でしょう。そんなに役に立つ薬なら、英吉利国に伝わっていないはずはない、と思うんですが」

順道は、うーんと唸った。

「それも一理あるな。糸島屋さん、どう思われる」

はあ、と徳吾郎は困った顔になる。

「おっしゃることもわかりますので、手前はまず、現物を手に入れてみたいと。それから確かめても、遅くはございますまい」

「それはもっともだ。しかし、そんな薬なら仕入れには結構かかるのではないか」

確かに、と徳吾郎は認めた。

「ですが、お金は幾らかかろうとも、疱瘡が治せるというなら賭けてみたいと思います。本当に効くとわかれば、損得抜きで仕入れるつもりでおります」

驚いたことに、徳吾郎はそこまで言い切った。

「幼くして死んだ倅も、あの世でそれを願っていると思います」

千夏は徳吾郎の覚悟に、はっと頭《こうべ》を垂れた。


その次の日、井沢がまた突然畠中家に現れた。

「朝から何かな。寺島村の件で、何かあったのかしら」

久造から井沢が来ていると聞いて、千夏は首を傾げた。こちらから聞きたいことは山ほどあるが、教えに来てくれたとも思えない。

「とにかく会ってみないとわかりませんよ」

梨里に背中を押され、千夏は座敷に行った。順道への挨拶という名目なので、父娘二人で応対する。

「先生、お忙しいところまたお邪魔して、申し訳ありません」

井沢は順道に、殊勝な顔で言った。

「何の、いつ来てくれても構わんよ」

順道は愛想よく応じた。

「ご挨拶ということでしたが、何かご用向きがおありなのでは」

八丁堀もそれほど暇ではなかろう、とばかりに千夏の方から促してみる。井沢は軽く苦笑して、その通りだと認めた。

「ではお尋ねしますが、昨日、糸島屋がこちらに来たと思いますが」

え、と千夏は眉を上げた。寺島村の話ではなかったのか。

「いかにも参ったが、それが何か」

順道は怪訝そうに聞き返す。

「どんな話をしていきましたか」

「どんな話って……長崎で仕入れてきたもののことを聞いたのだが」

「どういう品を仕入れたと言ってましたか」

順道は懸命に思い出す素振りをしながら、答えていった。葡萄酒のことまで一通り話してから、痘瘡の薬の件にも触れた。

「何か、印度辺りで作られた良い薬があって、痘瘡を治せるという話だったが」

「ほう、痘瘡の薬ですか」

興味を引かれたように、井沢の目が光った。

「それをどこから仕入れると？」

「いや、その薬の仕入れ先は言っていなかったな」

さすがに順道も訝しみ始めたようだ。

「それが気になるのかね」

「は。まあ、少しばかり」

井沢は曖昧に応じた。奥歯にものが挟まったような言い方だな、と順道が揶揄《やゆ》する。そこで千夏が口を挟んだ。

「抜け荷のお調べの一環ですか」

井沢の顔が強張った。

「何かご存じなんですか」

余計なことを言ったか、と千夏は後悔した。順道も驚いたように千夏を見ている。

しかし、勝之進から聞いたなどとは言えない。千夏は落ち着き払っている風を装い、咳払いした。

「大川の近くにある、何か隠されていたらしい寺島村の寮。そこを廻船問屋が内密に手に入れていたこと。そしてその廻船問屋の番頭殺し。これだけ足せば、答えは限られるでしょう」

なるほどね、と井沢は口角を上げた。

「なかなかの頭だ。奉行所勤めくらい、楽にできそうですな」

ちょっと嫌味っぽく聞こえた。井沢は何か感付いたのだろうか。

「そこまで言われるなら、申し上げましょう。糸島屋は、若松屋と関わりがあるんです」

あ、と声を上げそうになった。長崎会所に連なる糸島屋なら、抜け荷の相方としてはうってつけだ。

「若松屋が、寺島村で何かやっていたのか」

順道が千夏に言った。そう言えば、その話はまだ順道にはしていなかった。千夏は、そうですと答え、寮に関わる話を簡単に伝えた。順道は当惑顔になった。

「まさか糸島屋さんを、疑ってるのかね」

順道は、信じ難いことだ、と呻いた。

「今のところは、まだ何とも」

そうは言ったが、井沢が徳吾郎を怪しんでいるのは明白だった。そこで千夏も気付いた。前に井沢が来た時、わざわざ若松屋の番頭殺しの話を出したのは、畠中家と関わりの深い徳吾郎が、ここで何か若松屋のことを漏らしていないかと探りを入れるためだ。だがあの時はまだ、千夏たちは若松屋のことを全く知らなかったので、無駄なことだった。

「なあ井沢さん、糸島屋さんとは長い付き合いだが、あの徳吾郎さんは篤実なお人だ。抜け荷のようなことに手を染めるとは、到底思えないが」

順道は徳吾郎なら信用できると請け合ったが、井沢は「だといいんですがね」としか言わなかった。


「糸島屋さんが抜け荷に関わってる？　井沢さんがそう言ったんですか」

千夏から話を聞いた梨里は、きょとんとした。

「関わってるとはっきり言ったわけじゃないけど、疑いは持ってるようね」

「うちにずっと出入りしてるし、何代も続いてるお店でしょう。今の代になってそんなことをするとは、ちょっと信じ難いけど」

だよねえ、と呟いて、千夏は考え込む。

「でも、糸島屋さんは大概、うちに薬を届けて節季に代金を取りに来るでしょう。こっちから店に行ったことって、あんまりないのよね」

そう言えばそうですね、と梨里も言った。

「もしかしたら、商いが思わしくなくて、やっちゃいけないことに手を出したかも、なんて思います？」

うーんと唸ってから、千夏は「わかんない」とかぶりを振った。

「ちょっと見に行ってみようか」

そう言い出すに違いないと思っていたらしく、梨里は「そうしましょう」とすぐに応じた。

糸島屋があるのは、通新石町《とおりしんこくちょう》だった。日本橋通りの北の端の方で、通りに面して間口八間の店を構えている。もともとの本業は唐物商だが、長崎会所の伝手《つて》で雑貨の他にも薬などを仕入れるようになり、今の売り上げは唐物と薬が半々くらいと聞いている。

店先《たなさき》では、唐物の皿や飾りを見る客が数人、品定めをしていた。薬を扱う側には客の姿がないが、糸島屋では薬の店先売りは少なく、注文を受けて順道のような医師のところへ届けるのがほとんどだからだ。

「見た感じ、別に景気が悪そうでもないですね」

梨里が小声で言うのに頷き、暖簾を分ける。いらっしゃいましと言う小僧の声に顔を上げた番頭が、千夏たちを認めて笑顔を作った。

「これは畠中先生のお嬢様方。ようこそお越し下さいました」

帳場から出て膝をついた番頭は、万兵衛《まんべえ》と言った。畠中家へも何度か来たことがある、顔なじみである。

「昨日はご主人の徳吾郎さんに、うちまでご挨拶に来ていただきまして。そう言えばご無沙汰しているので、近くに来たついでにお寄りしました」

千夏が口上を述べると、万兵衛は恐縮した態になる。

「それは恐れ入ります。何かご入用のお薬でもございましたら、何なりと」

「いえ、薬のお話は昨日、父とご主人の間でしています。折角ですから、あちらの小物など」

千夏が雑貨の棚を示すと、心得ましたと万兵衛は立って、硝子細工を二、三点持って来た。

「こちらは先日入りましたもので、阿蘭陀の方では化粧水を入れるのに使っておるそうです」

万兵衛は、丁寧に作られた薄桃色の硝子の小瓶を見せた。梨里が目を輝かせる。

「これは綺麗ですねえ」

確かに化粧水など入れておけば、より美しくなれるような気がしてくる。だが値段が二分（四万円くらい）と聞いて、早々に諦めた。

一通り唐物を見せてもらってから、千夏は話を変えた。

「ところで、糸島屋さんは廻船問屋さんとのお付き合いはありますよね。先日の話に出たのですが、若松屋さんとのお付き合いはあるんですか」

「は？　東湊町の若松屋さんですか？　ええ、存じておりますが」

万兵衛は、なんでそんな話が出るのかという顔をしたが、特に隠す様子もなく答えてくれた。

「長崎や上方で仕入れた荷を運ぶのを、何度かお願いしております」

若松屋さんが何か、と問う万兵衛に、千夏は何気ない風を装う。

「昨日ちょっとそんな話が出ましたので。懇意にさせていただいている八丁堀のお方から、少し前に若松屋さんの番頭さんが殺された、ということも聞いておりまして」

ああ、と万兵衛は眉間にしわを寄せた。

「それは手前も聞きました。物盗りか何かに遭ったのでしょうか、恐ろしいことでございますすな」

場所によっては夜道は物騒ですから、気を付けませんと、などと万兵衛は言った。その口調には躊躇《ためら》いも怯えもなく、ただの世間話という以上のものではなかった。

「殺された番頭さんは、ご存じの方だったんでしょうか」

梨里がもう一歩踏み込んで、聞いた。万兵衛は、いいえと答えた。

「若松屋のご主人と番頭さんのお一方には、お会いしたことはございますが、亡くなられた方については存じ上げません」

　ここで万兵衛の顔に、若い娘が何故そんなことを聞く、という不審が表れた。これ以上は、やめた方がいい。千夏と梨里は唐物の方に話を逸らし、しばしの間品物を矯《た》めつ眇《すが》めつしてから、礼を言って糸島屋を出た。


「特に怪しい感じは、しませんでしたね」

　日本橋通りを南に歩きながら、梨里が言った。

「そうだね。若松屋さんとの付き合いはすぐ認めたし、何か隠してる様子もなかった」

　万兵衛が何も知らないだけ、ということは考え難かった。一番番頭である万兵衛は店の商いについて、隅々まで承知しているはずだ。

「じゃあやっぱり、糸島屋さんについては井沢さんの眼鏡違いってことで」

　梨里は決めつけたように言うと、通りに沿って並ぶ様々な店を指し、せっかくここまで来たんだからいろいろ見て行きましょうと、声を弾ませた。日本橋通りはこの先ずっと、京橋の先の方まで、呉服屋、小間物屋、菓子屋、本屋などの名の知れた店が連なっていて、朝から晩まで人通りが絶えない。千夏は梨里に引っ張られるまま、そうした店を次々に冷やかしていった。

一刻半（約三時間）もかけて十軒ほどの店を覗き、京橋の袂《たもと》に来たところで、ふと気付いた。ここを左に曲がって京橋川沿いに歩けば、東湊町に出るのではなかったか。

「どうしたんです、何か気になる？」

急に立ち止まったので不思議そうに問いかける梨里に、千夏は左手を指差して言った。

「どうせなら、ここまで来たついでに若松屋を見て行かない？」

梨里は眉尻を下げた。また気まぐれにそんな、と困惑した様子だ。

「今から行くの？　もう日が傾いてるのに」

「ここから行って帰って、四半刻もかからないわ。暮れ六ツ（午後六時）までには家に帰れる」

言うが早いか、梨里の同意も待たずに千夏は歩き出した。

東湊町は海が近いだけに、廻船問屋の他、海産物を扱う店なども目立った。その中で若松屋は間口が十二間ほどもあり、なかなかの大店だった。人の出入りはあるが、店先で何か売るような商売ではないので、賑わいは特にない。暖簾の奥も暗くてよく見えず、かと言って娘二人が用のあるところでもないため、入って行き難い。

「表を見るしかできないじゃない。来た意味、あるんですか」

梨里が不満げに言った。しっかりした大店とはわかったが、これだと店構えを見物に来ただけになってしまう。

「少なくとも、番頭さんが殺されたっていう感じは、出てないわねえ」

「あれから何日も経ってるんですよ。主人が亡くなったのならともかく」

確かに、番頭が死んだからといって店が何日も喪に服することはあるまい。

「まさか、裏へ回ったら抜け荷の品がこれ見よがしに積んである、なんて思ってないでしょうね」

梨里がからかうように言った。寺島村の蔵から運び出したものが置いてあったりしたら話は簡単だが、そんな間の抜けた話があるわけがない。第一、蔵に何があったのかすらわかっていないのだ。

「そんなこと、思ってないわよ。ま、取り敢えずはこれで……」

帰るか、と言いかけた時、若松屋の前に駕籠が着いた。誰も乗っていないので、迎えの駕籠らしい。そのまま見ていると、間もなく暖簾をくぐって、中年の羽織姿の男が出て来た。年は四十過ぎくらいだろうか。細身で顎が尖り、細い目はやや吊り上がっている。後ろに付いている手代や番頭らしいのが、行ってらっしゃいませと一斉に頭を下げるのには何も応じず、男は駕籠に乗り込んだ。駕籠かきはすぐ駕籠を担ぎ上げ、千夏たちが来た京橋の方へ向かって、えいほ、えいほと去って行った。

「あれ、若松屋のご主人みたいですね」

梨里が駕籠の後ろ姿を見ながら、言った。大方、宴席にでも行ったのだろう。

「そうね。でも何だか、悪人面だと思わない？　いかにも抜け荷なんかやってそうな」

千夏が駕籠の方を顎で指すと、梨里は「いったいどんな測り方ですか」と噴き出した。

七

ちょうど暮れ六ツの鐘が鳴った時、家に帰り着いた。昼頃から出かけていたので、順道と耕太郎からは、診療の手伝いもせずにどこへ行ってたんだと文句を言われた。日本橋へ出かけてました、ご免なさいと謝ったが、順道からは翌日は書見もやめてずっと診療を手伝うよう、言い渡された。それぐらいは、仕方がない。千夏はおとなしく、朝から診療にあたった。

冷や麦の昼餉を終えた頃、思わぬ客があった。

「寺島村の庄吉さん、また来られてますよ。どうも新しい怪我人が出たようで」

応対した久造からこれを聞くと、千夏は急いで表口に行った。

「ああ、どうも千夏お嬢さん、またお邪魔しちまって」

庄吉は済まなそうに頭を掻いた。

「それはいいけど、新しい怪我人ですって？　甚左衛門さんのことじゃないのね」

「ええ、名主さんの足は、だいぶ良くなってきてます。でもその、村の茂介《もすけ》って奴が、足に怪我して寝込んでるんです」

その言い方に、千夏は、おや、と思った。

「寝込んでるの？　じゃあ、今日怪我したわけじゃないのね」

「そうなんで。怪我したのは十日ばかり前だってことで。放っておいたら、赤黒く腫れちまって、とうとう歩けなくなったんでさぁ」

傷口を放置して、膿《う》んでしまったのだろう。だが甘く見ていると、片足を失うことにもなりかねない。

「近所の医者には診せた？」

「いえ、茂介の奴は金が無《ね》えんで。ちょっとやそっとの傷、唾でもつけときゃ治る、ってぇ奴ですから」

そういう意地っ張りはよくいるが、そこまで悪くなったのなら、まず近所の医者に運び込むべきだ。千夏がそれを言ってやると、庄吉は困ったような顔をした。

「俺もその通りだと思うんですがね。名主さんは考えがあるようで」

「考えというと？」

「茂介の怪我は、あの幽霊騒ぎに絡んでるんじゃないかと」

おっと。そうなると話は別だ。

「怪我したのは十日ほど前って言いましたね。正しくは、何日前」

「いや、茂介の奴ははっきり言わねえんだが、確かにあの幽霊退治した晩のことかもしれねえ」

よし、と千夏は頷き、庄吉を待たせて耕太郎を呼びに行った。


千夏と耕太郎は、順道にわけを話して寺島村へと出向いた。またあの件の関わりかと順道は渋ったが、怪我で苦しんでいると聞けば、やはり放ってもおけない。仕方なく、行くのを許した。ただ、梨里まで行ってしまうと診療に差し障るので、それは認めなかった。梨里は残念そうだったが、そうそう勝手も言えない。

二人は甚左衛門に挨拶して、足が順調に回復しているのを確かめると、庄吉の案内で茂介の家に向かった。茂介は船頭をしていて、家も大川のすぐ傍にあった。女房もいない独り暮らしで、家は屋根にも羽目板にも穴が開くなど、だいぶガタがきている。

「ちょっとでも金ができたら、酒と博打に使っちまうもんで、女にはすぐ愛想を尽かされちまいましてね。特に博打は好きで、よく通ってますよ」
身持ちがいいとは言えない男らしい。庄吉は茂介の家の戸口に立つと、「おーい、医者が来てくれたぞ」と大声で呼んだ。すると中から、「おう、入ってくれ」と弱々しい声が聞こえた。庄吉が建てつけの悪い戸を引き開け、耕太郎と千夏は家に踏み入った。

そこは土間と囲炉裏を切った板敷きの居間があるだけの、簡単な造りだった。囲炉裏の奥に接《つ》ぎ当てだらけの煎餅布団が敷かれ、髭面の男が横になっている。ずっと日差しの下で川風を受けていたのと不摂生のせいでか肌が傷み、老けて見えるが、年は二十五、六というところだろう。

「あんたが茂介さんか」

耕太郎が問うと、そうだと答えが返った。板敷きに上がった耕太郎は、布団をめくって足を調べた。

「ああ、こりゃ結構酷いな」

右のくるぶしから下が、異様に腫れあがっていた。耕太郎がそこに触れると、茂介は顔を顰めて呻いた。

「もう少し遅かったら、二度と歩けないか、下手をすると傷の毒が総身に回って死んでたかもしれれん」

耕太郎が言うと、茂介は「これでも昔から頑丈で、少々の怪我は放っといても治ったんですすがねえ」などと強がった。

「体が丈夫だから何でも治るってもんじゃない。まずは切って膿《うみ》を出さないとな」

耕太郎が道具箱からメスを取り出し、庄吉に「焼酎の一番強いやつを持って来てくれ」と頼んだ。庄吉は承知してすぐ出て行った。

耕太郎は足を探って、最初の傷口を見つけた。それは右足の親指と人差し指の間にあった。尖った何かでざっくり切られたようになっており、だいぶ深そうだ。

「どうしてここを切ったんだ」

それがその、と茂介は口籠もる。

「その、尖った石が刺さっちまって」

「石？　違うだろう。刺さったというより、刃物で切ったみたいだ。正直に言いなさい」

「いや、それは……」

言葉が出ない様子の茂介を見て、事情を察した千夏は横から言った。

「割れた硝子じゃないの」

茂介の顔が、引きつった。

「が、がらすって、何です」

「とぼけないで。今さっきの顔を見りゃわかる。あんたは硝子が何なのかくらい知ってるし、それで怪我したのも間違いないでしょう。割れて刃物みたいに鋭くなった硝子を、裸足で踏んだのね」

茂介は口をぱくぱくさせたが、言葉は出なかった。これは千夏の言う通りだと白状したのと一緒だ。

「それは私たちが来て、幽霊のことを暴き立てた夜のことね」

やはり答えは返らない。しかし茂介の表情は、そうだと言っていた。千夏は、よしよしと茂介の肩を叩いて、さらに続けた。

「もう全部、言っちゃいなさいな。あんたあの夜、何か運ぶよう頼まれたんでしょう」

茂介は唸り声を上げた。もうひと押し。

「こっちはもうお見通しなのよ。この足、二度と使えなくなってもいいの？」

この脅しに、耕太郎は眉をひそめた。医師としてあるまじき発言だ、と真面目に思ったようだ。だが、これで茂介は観念した。

「そ、そうだ。俺の舟で、人に知られずに荷を運ぶよう頼まれたんだよ」

茂介は一気に力が抜けたようで、ぼそぼそと喋り始めた。

「あんたらが幽霊を片付けたってのは、翌朝聞いた話で、その時は知らなかった。けど、夜中に戸を叩く奴がいてよ。うるせえって文句を言おうと戸を開けたら、いきなり三人ほどに押し込まれちまって」

その連中は、内緒で荷物を運んでくれたら二両やる、と言った。怪しい話だが、金になるならとつい引き受けてしまった。言われた通り舟を用意して待っていると、三人が菰《こも》で巻いた荷を運んで来た。二度ばかり行き来し、都合十個の荷を舟に積んだ。

「他に、もっと小さな箱みてえなものもあった。硝子板が一緒に付いてたんだが、それを載せるときに落として割っちまった。ちょっと間が悪くて、俺はそこへ足を踏み込んじまったんだ」

その時は大したことはないと思ったが、舟を出して大川を対岸に渡るうち、だんだん痛くなってきた。対岸で荷物と三人を下ろし、礼金を貰って寺島に帰ったが、痛みはどんどん酷くなった。甕《かめ》の水で洗って寝たが、次の日には腫れていた。それでも大丈夫だと思って、手に入れた二両を持って博打に出かけた。しかし痛みのせいか勘が鈍っていて、一晩のうちにすってしまった。

「口惜しくて、どうにか残った金で酒を買って、飲んでから寝た。酔えば痛みも軽くなると思ったんだが、どうもそうは行かなくてよ。ほとんど眠れねえまま、朝になったらもっと酷く腫れて、痛くて歩けねえ。医者を呼ぼうにも金は使っちまったし、どうにもしょうがなくてずっと寝込んでたら、俺の姿が見えねえってんで様子を見に来てくれた婆さんがいてよ」

その婆さんが甚左衛門に知らせ、庄吉が千夏たちを呼ぶことになったという。

「そうか。蔵の中身は、やっぱり夜中のうちに舟で運び出していたか」

耕太郎は腕組みし、そいつはどんな奴だったかと聞いた。だが茂介は、頰かむりもしていたし、暗かったので顔はほとんどわからない、と言った。

そこへ庄吉が、焼酎の大徳利を持って来た。これでいいですか、と差し出す焼酎を一口舐《な》め、耕太郎は充分だと礼を言って、茂介の足にかけた。傷口に焼酎が流れると、茂介は「痛《いて》えッ」と顔を歪めた。

「辛抱しろ、これからもっと痛くなるからな」

耕太郎は容赦なく言って、メスを当てた。切開を始めると、茂介は天井を打ち抜くほどの悲鳴を上げ、白目を剝いた。存外気の小さな男で、失神したようだ。千夏たちとしては、失神していてくれた方が治療しやすいので、助かる。

切開して膿を出し、また焼酎をかけてから、耕太郎は切開したところと最初の傷口を縫合し、薬を塗った。必ず元通りになるとまでは言い切れないが、取り敢えずはこれで回復に向かうだろう。

手当てが終わったところで、千夏は茂介の顔に水をかけた。そろそろ起きてもらわないと。

茂介は目を瞬いて、もう終わったかと左右を見回した。そこで痛みが戻って来たらしく、うーっと呻いて歯を食いしばった。

「痛みはそのうち引く。今度から、怪我をした時には唾をつけるんじゃなく、強い焼酎をかけるようにしなさい」

「そんな……もったいねえ」

本気で言ったようなので、耕太郎は苦笑した。

「いやまあ先生、とにかくありがとうございやした」

茂介は何とか礼を言った。支払いを気にするようではあったが、庄吉から今回は甚左衛門が立て替えると聞いて安心したらしく、さらにもう一度礼を述べた。

だが千夏は、これで終わらせるつもりはなかった。

「ねえ茂介さん。あんた、まだ半分しか本当のことを言ってないよね」

もともと青かった茂介の顔色が、さらに青ざめたように見えた。

「な、何の話で。俺はちゃんと」

「とぼけても駄目よ。じゃあ聞くけど、あの蔵に物を隠していた連中は、これまで村の人たちに姿を見られないよう、かなり気を付けていたのに、暗い真夜中でも迷わずあんたの家に来て、舟を出せと言ったのよね。あんたが舟を持っていて、金さえ出せば怪しげなことでも引き受けると、どうして知ってたのかしらねえ」

「そ、それは……」

茂介は言い訳を探しているようだったが、まともな言葉は出てこなかった。

「それにねえ、荷物は運び出すだけじゃなく、運び込む時にも舟が必要だったはず。でないと、村の人たちに荷運びを見られてしまう」

「な、何が言いてえんだ」

茂介の声が震え始めた。千夏はここぞと追い込む。

「決まってるでしょう。あんたは誰かに雇われて、あの寮の蔵に荷物を出し入れする時に舟で運ぶ仕事を引き受けていた。博打好きだって聞いたけど、この家の様子じゃ、度々賭場に通えるほどの稼ぎがあるとは思えない。その怪しい奴らから金を貰わない限りは」

茂介の額に、汗が浮き始めた。千夏は、ぐいっと顔を近付け、迫った。

「誰なの、その連中は」

茂介は顔を背けた。が、ふうっと大きく溜息をついて、「わからねえ」と漏らした。全部白状する気になったらしい。

「よし、じゃあ初めから話して」

茂介は、洗いざらい吐いた。最初にその連中が茂介のところに来たのは、一年ほど前のことだという。四兵衛の名を使って寮が金貸しから買い取られたのと、同じ頃だ。

「そいつら、どうも賭場の代貸しから俺のことを聞いたらしい。人に知られないよう荷を運ぶ仕事をしてくれたら、充分な金を払うってことで」

博打の借金を抱えていた茂介は、一も二もなく話に乗った。それからひと月か二《ふた》月《つき》に一度、夜陰に乗じて大川を渡り、荷を運び込んではまた運び出す、という仕事を繰り返した。荷は菰でくるまれ、中身は一切わからなかったし、聞くこともしなかった。荷を運ぶ連中は目付きが鋭く、懐に匕首を呑んでいるのがわかったので、下手に逆らうつもりはなかった。

「あの晩は連中もだいぶ慌ててた。硝子板を割っちまうしな。大川の向こうに着いたら、いつもの倍の二両をくれて、もうこの仕事は終わりだ、誰かに喋ったら、わかってるだろうな、って懐の匕首をちらつかせたんだ。こいつは危ないと、おとなしく口をつぐむことにした」

だから医者にも行けなかったんだよ、と傷に目を落としながら茂介はぼやいた。

「大川の対岸って、どこだ」

耕太郎が聞いた。

「ここの北寄りの斜向《はす》かい、橋場の渡しのちょい先だ。真先《まさき》の御稲荷さんの近くだ」

真先稲荷神社の辺りなら町家は途切れていて、夜であれば人通りはない。密かに物を積み下ろしするには、いい場所だ。恐らく江戸湊から別の舟で運んで、足が付かないようそこで積み替えていたのだろう。

「じゃあ、最後の荷もそこで下ろしたんだな」

「いや、それだけはもっと上流《かみ》の方へ持って行った。同じ橋場町だがだいぶ奥で、大川が西にぐっと曲がる手前だ」

これは、と千夏は考える。おそらく常の出し入れとは違って、新しい隠し場所に荷を運ばねばならなかった、ということだろう。

「わかった。後で舟を調べさせてもらうぞ」

「好きにしてくれ。何も残っちゃいねえし」

茂介は投げやりに言った。千夏はもう一度、念を入れて聞いてみる。

「本当に、相手は誰かわからないのね」

「ああ、道で会ってもわからねえだろう」

「でも、何か気配っていうか、感じるところはなかったの」

「ふん。気配か」

茂介の顔つきが、少し変わった。やはり何かあるようだ。

「実はな……奴ら、舟のことは結構知ってるようだった。川の流れに逆らわずどう進むか、心得てたな。荷の積み方も、舟が傾いたりしねえよう、俺が言わずともちゃんと承知してた」

へえ、と千夏は少し感心した。茂介も間抜けではなく、見るべきところはちゃんと見ていたのだ。

「じゃあ、連中も船乗りってこと？」

いや、と茂介は言った。

「船頭や水夫《かこ》なら、俺にもそうだとわかる。けど、あいつらは陸《おか》で仕事してる奴らだ。手に、艣《ろ》や艫綱《ともづな》、帆綱《ほづな》を扱った胼胝《たこ》がねえ。俺が思うに……」

「廻船問屋の連中？」

千夏が水を向けると、茂介は我が意を得たりというように「それだ」と笑みを浮かべた。そしてすぐ、足の痛みに再び顔を顰めた。

八

次の日、千夏は順道が往診に出た隙に、また出かけた。耕太郎は順道が留守の間、急な診療に備えねばならないので、今度は梨里が一緒だった。

「その茂介さんって船頭さんの話だと、若松屋がこの一年ほど、あの寮に抜け荷の品を隠していた、ってのは間違いないんですね」

梨里が確かめるように言った。いえ、と千夏は少し慎重に返事する。

「茂介さんから若松屋の名は出なかった。無論、運んだのが抜け荷の品だって証しもない」

「でも、他に考えようはないでしょう。お縄にするにはまだ足りないってだけで」

その通りね、と千夏は眼鏡の縁を撫でながら言った。

「だから、若松屋の方は井沢さんたちに任せておけばいいわ」

そこで梨里は、思い出したように言った。

「そう言えば、茂介さんのこと、井沢さんの耳に入れなくていいんですか」

確かに昨日の夕刻に寺島村から帰って以後、井沢には会っていない。だが、千夏には考えがあった。

「それなんだけど、あのまま井沢さんに話したら、茂介さんがしょっぴかれると思うのよ。そうすると、村のことに責めを負う立場の甚左衛門さんにも禍が及ぶでしょ」

「でも、茂介さんは何を運んでるか知らなかったんだし、脅されてたんだから大した罪にはならないんじゃ」

「茂介さんは奴らから結構な額の金を受け取ってる。知らなかったでは通らないかもしれない」

うーんと梨里は考え込んだ。

「じゃあ、何か考えがあるんですか。今からどこへ?」

千夏は梨里の方を向いて、ニヤッとした。

「だいたいわかるでしょ。橋場町よ」

「えーっ」

梨里は声を上げて目を剝いた。

「てことは、茂介さんが荷を運んだ先を調べる気なの？　少なくとも一里半はありますよ」

「ちょっと遠いかな。帰りは駕籠にしよっか」

あんなとこで駕籠なんか見つかりませんよ、と梨里は渋面で言った。

「橋場の奥ったって、広いでしょ。当てもないのに」

「茂介さんが舟を着けた場所は、昨日詳しく聞いたからだいたいわかる。そこから遠くはないはず」

ましてあの辺はほとんど田んぼと畑なんだから、物を隠せるところは限られてる、と千夏は自信を持って言った。

「……そりゃまあ、わからなくもないですけど」

梨里は渋々といった感じで同意したが、また半日費やして歩き回らねばならないとわかり、千夏を恨めしそうに見やった。

一刻近くかかって、目指す橋場の大川べりに着いた。お腹空いたぁ、と泣き言を漏らす梨里を、帰りに寛永寺脇の茶店に寄るからと宥めて、千夏は水際に歩いて行った。

そこはすぐ前に砂州があり、流れが遮られて淀みになっていた。周りには葦《あし》が生え、少し離れると舟を着けても見えない。夜も、提灯などの灯りを見咎められることはないだろう。こっそり荷の積み下ろしをするには、確かに向いている。

少し上手に、葦が倒された場所があった。人が動き回った跡のようだ。ここに舟を着けたに違いない、と千夏は見て取った。

葦が踏まれた跡は、西の日光街道の方角に向かっていた。千夏たちはそれを辿る。が、間もなく葦原が消え、田畑が広がった。右手のだいぶ先には、農家の屋根が点々と見える。

「なあんだ、田んぼばっかりで蔵みたいなもの、どこにも見えませんよ」

辺りを見渡した梨里が、残念そうに言った。いえ、まだよと千夏は返す。

「あそこに雑木林がある。あの向こうに行ってみましょう」

千夏は先に立って畦道《あぜみち》を歩き出した。梨里も広々とした左右にしきりに目をやりながら、ついて来る。

「ここって、橋場の汐入《しおいり》ですよね。大根が有名なんじゃなかったっけ」

「汐入大根ね。あれは美味しいわよね」

千夏は田畑を指し、この辺は大川の洪水で運ばれて来た土が溜まるので、土地が肥えてるのよと説明した。梨里は興味半ばといった様子で聞いている。

思った通り、雑木林を抜けると一面の大根畑になった。その先、広い畑の一角に空き地があり、真ん中に小屋が建っている。一見すると、農具の置き場のようだ。

「あれですかねえ」

梨里が小屋を指して言った。見渡せる限りでは、二町ほど先に固まる農家を別にすると、それ以外の建物はない。

「かもしれない。行ってみましょう」

千夏と梨里は、畦道を通って空き地に入り、小屋に近付いた。

「見て。足跡を消したような跡がある」

千夏は地面を示した。もう十三日も経っているので、よく目を凝らさないとわからないが、軟らかい土に深く踏み込んだ草鞋《わらじ》の跡を、足でこすって無理に消したような感じだ。千夏は小屋の板戸の前まで行ってみた。

「やっぱり、錠前が下りてる」

板戸には頑丈そうな錠前がぶら下がっている。ちょっとした蔵にでも使うようなもので、鍬《くわ》や鋤《すき》を置いた小屋に取り付けるような代物ではない。

「どう見ても怪しい。この中に捜してるものがあるのは、間違いないわ」

千夏は確信したが、道具も無しでこの錠前を破るのはさすがに無理だ。

「井沢さんに話して、ここを調べてもらうしかないんじゃ」

梨里が言った。ここは確か町奉行支配地で、井沢に言えばすぐに出張るだろう。だが、ここで抜け荷の品が見つかれば、茂介は抜け荷に加担したとして処罰される恐れがさらに強まる。実際に雇われた以上、仕方ないと割り切るべきかもしれないが、千夏は迷った。

そこで、籠を背負ったお百姓が、少し先の畦道を歩いて来るのが見えた。千夏は、そちらに向かって手を振った。

「あれ、あの人を呼んで何か聞くつもりですか」

「そうよ。この小屋のこと、知ってるかも」

千夏たちに気付いたお百姓は、道を逸れてこちらに近寄って来た。

「見かけんお人だね。江戸の町から来なさったか」

五十近いと見える人の好さそうなお百姓は、穏やかに尋ねた。ええ、そうなんですと千夏は微笑む。

「ちょっと伺いたいんですけど、この小屋は村のものですか」

何故ここへ、という話をするのは厄介なので、敢えていきなり聞いてみた。お百姓は一瞬、訝し気な顔をしたが、特に疑うような素振りもなく、答えてくれた。

「いんや。村のものじゃねえ。この土地を持ってる人のだ」

「じゃ、この空き地も村のものじゃないんですね」

ああ、とお百姓は頷く。

「いい土地なのに、畑にもしないでこのまんまだ。勿体ねえこったが、金持ちのやることはわかんねえ」

「金持ち？　じゃあ、持ち主が誰なのか、ご存じなんですね」

「うん、江戸の大店だってぇこったが」

もどかしいことに、店の名は出なかった。千夏はこちらから言ってみる。

「若松屋さんという廻船問屋では」

すぐ頷くと期待したのだが、お百姓はちょっと考えて、かぶりを振った。

「いんや、そんな名じゃなかった」

え、違うのか。だが、荷を運ばせたのは若松屋に違いないから、また誰か影武者を仕立てているのかもしれない。

「ええと、誰じゃったかのう」

お百姓は親切にも、思い出そうと頑張ってくれている。千夏は急かさず、しばらく待った。すると、青緑色の何かが目の端を掠めた。肩に何かとまったようだ。

「あ、糸トンボ」

梨里の呟きが聞こえた。その途端、お百姓が手を打った。

「思い出した。糸島屋、ちゅうお人じゃ」

お百姓に礼を言って別れ、畑地を抜けて日光街道へ向かった。千夏の胸の内は、今しがたお百姓から聞いたひと言で、すっかりざわついていた。

「ここで糸島屋さんの名前が出るとは、思いませんでしたねぇ」

梨里が困惑したように言う。

「信用のおける人だと思ってたのに」

人って、なかなかわからないもんですねえ、と梨里は悟ったような言い方をした。

だが、千夏は簡単に得心できなかった。

「もっと調べましょう」

梨里が目を丸くした。

「まだ調べるんですか。もう井沢さんに投げちゃえばいいじゃない。このくらいにしとかないと、先生からお目玉をくらいますよ」

しきりに止める梨里の言葉は聞こえないふりをして、千夏は続けた。

「糸島屋さんの店には行ったけど、それだけじゃ隠れてることはわからない。周りに聞いてみてもいいんじゃないかな、って」

千夏は糸島屋に近い店や同業の店に行って、評判や流れている噂《うわさ》を拾ってみるつもりだった。案外、そんなところに真実が隠れているかもしれない。

「それはそうだけど、だからって糸島屋さんが潔白かどうかまで、あたしたちが確かめなくても」

普通に考えれば、梨里の言う通りだ。だが、千夏は自身で得心がいくまで、探ってみたい気になっていた。こういう性分は、蘭学の勉強をしていて湧いた疑問を突き詰めるのに、大いに役立つ。時として、やり過ぎになることも自覚はしているのだが、どうにも止められない。この前、雷を落として小屋を燃やしたのだって……いや、今そのことはいい。

「明日、唐物問屋さんとか薬種問屋さんに行ってみようと思う。顔見知りの店が何軒かあるから」

千夏は、もう決めたとばかりに言った。梨里は何事かぶつぶつ言っていたが、やがて諦めた。

翌日、外出するのは一苦労だった。前日勝手に出かけたことを叱られたばかりなのに、まだ懲りないのか、というわけだ。

「糸島屋さんが疑われてるのはわかった。だが、お前がどうこうすべき話ではあるまい。うちは医者だぞ。井沢さんに任せて、素人の娘が手を出すのはやめなさい」

順道の言うことは正しいが、そのまま引っ込むわけにはいかない。

「糸島屋さんからの薬が入らなくなったら、うちは困るでしょう。他より安くしてもらってるのに」

順道は苦い顔をした。糸島屋からいい薬を安く卸してもらっているのは、事実だ。

「しかし、だからと言って……」

「薬が途絶えたら、困るのはうちで診療を受けてる人たちよ。薬の値が上がったら、たちまち困ってしまう人が出てくるでしょう」

普段から医療は人助けと公言している順道は、言葉に詰まりかけた。千夏はさらに言う。

「危ないことをしようってわけじゃない。ただ、糸島屋さんに何か事情があるなら、それを知りたいだけ。長年お世話になってるし、恩義があるじゃない。お返しにできることをすべきでしょう」

恩義、が駄目押しになった格好で、順道は折れた。結局、千夏には甘いのだ。危ないと思ったらすぐに手を引くことと、一人では絶対動かないことだけは約束させた。それには千夏も異論はなかった。

「医療は人のため。それは全てを包むこと、と私は解してますから」

千夏の言葉に、順道は頷きつつも大きな溜息をついた。

まだ渋面の順道と心配顔の耕太郎を残し、千夏は梨里と一緒に出かけた。耕太郎は自分が付いて行くと言ったが、彼にはすべき仕事がある。医術が必要になる時以外は、こちらに任せておいてと千夏が抑え、耕太郎は渋々従った。

まず訪れたのは、日本橋通りに店を構える唐物商、肥前屋《ひぜんや》だった。ここは唐物商いでは江戸でも一、二を争う店で、長崎会所が今の形になった頃からの仲間の一軒である。蘭書などは糸島屋では扱っていないので、千夏はここに頼んで取り寄せてもらっていた。

「おや、千夏様。また新しい蘭書のご注文でございますか」

何度か会ったことのある手代が、千夏を見て愛想よく言った。千夏は少しの間、蘭書の話をしてから、番頭を呼んでもらった。

「はい、どのようなお求めで。え？　糸島屋さんの評判ですか。はい、唐物仲間の間では、なかなかに良くできたお方と皆で申しておりますが」

長崎会所の方でも、人柄については皆承知しており、信は篤《あつ》いとのことだ。悪評というようなものは、まずなさそうだった。

「糸島屋さんのことをお聞き合わせということは、糸島屋さんとの取引を増やされるお考えですかな」

番頭は抜け目なく言った。増やすと言っても畠中家相手の商いは、さしたる額にはならないのだが、それでも番頭は、是非、肥前屋のこともお考え下さい、と念を押した。千夏は、その節はまたお願いしますと如才なく告げて、その場を辞した。

次に行ったのは、伊勢町にある浪屋《なみや》だった。新興の店で、先代が深川で小さな店を始めたのが、今の代でこの地にあった店を買い取って移ったものだ。主人の亮治《りょうじ》郎《ろう》は、やり手と評判だった。ここでは、ほんの二度ばかりだが硝子鉢など買ったことがある。

店に入って、品物を見ながら来意を告げると、亮治郎が自身で出て来た。

「はい、糸島屋さんは大変良くできたお方で。新参の手前にも良くしていただいてまして」

亮治郎は、しっかりと筋の通った人だと、手放しで褒めた。

「薬種、特に唐物や阿蘭陀物の薬の扱いについては、見習うべきと存じまして、手前も今度、薬種屋を一軒買い取る話を進めております。糸島屋さんには、今後もお導きをいただきたく思っております」

既に薬種屋仲間との話し合いに入っているそうだ。糸島屋の後に続こうと、薬種についての研鑽を積んでいるらしい。

「こう言っては何ですが、唐物は嗜好品《しこうひん》で、奢侈《しゃし》の禁令も気にしなくてはなりません。その点、薬種は西洋の品でも他人様《ひとさま》のお役に立てるものですから、商いのやりがいもあろうというものです」

亮治郎はそこまで言った。糸島屋の裏での悪評があるかなど、聞くまでもなさそうだ。千夏と梨里は、礼を言って浪屋を出た。だがその間に、梨里が香料の入った小瓶を買わされてしまったのには、さすがやり手だと笑わざるを得なかった。

次は本町《ほんちょう》の薬種問屋、東栄堂《とうえいどう》に行った。ここは畠中家が、糸島屋の次に多く薬を買っているところだ。暖簾を分けると、すぐに番頭が応対した。

「今日はどんな薬をお求めでしょう。おっしゃっていただければ、すぐにお届けいたしますが」

せっかくなので、熱さましと切り傷の養生に効く薬を、追加で頼んでおいた。その上で、糸島屋についてさりげなく聞いてみる。糸島屋は唐物と薬種を共に扱っているので、普通の薬種屋から見れば異端と言える。その点について、評判はどうかと思ったのだ。

「はい、それにつきましては糸島屋さんも重々心得ておられまして」

糸島屋は唐物の仲間と薬種の仲間の両方に加わっているが、双方への細かい配慮は欠かさず、なかなかうまくやっているようだ。糸島屋も昨日今日でこういう形の商いを始めたわけではなく、今さらとやかく言われることはあるまい。実際、悪口は聞こえてこない、と番頭は言った。

「なかなかに、できたお方でございますから」

番頭は徳吾郎をそのひと言で評した。無理に世辞を言っている様子はなさそうだ。あまり深掘りすると逆にこちらが詮索されるので、千夏はそこで切り上げた。

それから二軒の薬種屋を回ったが、糸島屋徳吾郎についての悪い話は、一切出なかった。初めに思ったよりもさらに、徳吾郎の評判は上々だった。無理な商いもしておらず、店が傾く兆しは全く見られない。女の噂くらいはあるようだが、それは千夏が聞けることではなかった。

「何も出ないじゃないですか」

無駄足だったとでも言うように、梨里は揶揄するような目を千夏に向けた。

「変ねえ。いったい、井沢さんはどうして糸島屋さんに目を付けたんだろう」

汐入の小屋の件は、井沢はまだ知らない。なのであり得るとすれば、若松屋と糸島屋の間で表に出ない何らかの取引があったこと、もしくはその気配を、井沢たちが嗅ぎ出した、というくらいだろうか。若松屋と手を組んだとしたら、糸島屋の側に余程の事情があったに違いない。だが、それを匂わせるものは、糸島屋の周囲からは何も見つからない。

「考えたんだけどね」

と千夏は梨里に言った。

「糸島屋さんがうちに来たのは、四日前よね。その時、糸島屋さんには特に変わった様子はなかった。でも、その十日も前に寺島村の寮のことはばれてるし、その後で役人に踏み込まれているのよ。何の動揺も見せずに世間話なんて、できるかしら」

それは潔白の証しなのでは、と千夏は言ったが、梨里は賛同しなかった。

「そうかしら。周りの人にも隠しおおせるほど、面の皮が厚いのかもしれない。だったら本物の悪人ですよ。それほどでなくても、寮の騒ぎからうちに来るまで日数があったんですから、その間に隠すべきものは隠して、平静を装うくらいできるんじゃないですか」

ふむ、梨里の言うことにも一理ある。

「どうもよくわかんないなあ」

千夏は、天を仰いで嘆息するしかなかった。

九

さすがに翌日は、千夏もおとなしく家にいた。次にどう動くかの見通しが立たなかったからでもあるが、順道と耕太郎は、一安心という様子だ。

「糸島屋さんについては、何も出ないままですか」

耕太郎に聞かれたが、汐入の小屋のことはまだ話していない。話せば耕太郎は、すぐにでも井沢に伝えるべきだと言うはずだ。

「向こうが気付いて、また別の場所に中身を移したりしたら、どうするんですか」

梨里にもそんなことを言われた。もっともな話だ。徳吾郎や茂介を庇いだてするにも、限度がある。

何も出ないと耕太郎に返事してから、今日明日にも井沢に伝えに行くか、と千夏は考え始めた。すると、廊下に足音がして順道が顔を出した。

「千夏、ちょっと一緒に来てくれ」

はい？　と千夏は顔を向ける。

「往診の手伝いですか？　どこへ？」

「本郷の丸木屋《まるきや》さんだ。子供が足を折ったらしい」

「ああ、酒屋さんね。子供が足を、って、木から落ちでもしたのかしら」

「いや、荷車に轢《ひ》かれたらしい」

「え、それは良くないわね」

重い物に轢かれたなら、単純な骨折ではなく、押し潰されているかもしれない。そうだとすると、うまく骨が繋がらず、一生足が不自由になる恐れがあった。それはあまりに気の毒だ。千夏は急いで支度した。

幸い、そんな難しい骨折ではなかった。丸木屋に行ってみたところ、子供は荷車に直に轢かれたのではなく、荷車と一緒に来ていた駄馬に悪戯して、蹴られたのだという。まったく、やんちゃが馬鹿なことをしまして、と丸木屋の主人は頭を掻いた。

「まあ子供にはよくあること。元気が一番です。今度はちょっと度が過ぎたようだが」

順道は笑いながら言って、子供の足に副木を当て、さらしで固定した。

「あんまり悪戯をしちゃ、駄目よ。馬は怒らせると怖いんだから」

打ち所が悪いと命にかかわる、と千夏が窘《たしな》めると、子供は神妙に「はい」と俯いた。だいぶ身にこたえたようなので、もう無茶はしないだろう。

「ところで、荷車で届いたのは灘《なだ》の酒ですかな」

治療を終えて雑談に入ると、目ざとく酒樽を確かめていたらしく、順道が言った。丸木屋は、「はい左様で」と答え、なかなかの銘酒でして、後でお分けしますと心得たように言った。順道は目を細めた。

「今朝江戸に着いたばかりで、先ほど廻船問屋の伊豆屋《いずや》さんから、引き取ってきたんです」

運送屋に駄馬と荷車を頼んで、早々に運んだという。伊豆屋の仕事は丁寧で、滞りなく済んだそうだ。

「前は若松屋という廻船問屋を通していたんですが、あそこはどうも、ねえ」

若松屋と聞いた千夏が、ぴくっと身じろぎした。

「ほう、若松屋の仕事は、良くないんですか」

順道も若松屋の名が出たことを、聞き流せなかったようだ。その先を聞こうとした。

「樽をくるんだ菰が傷んで、樽に傷が入っていたことがありました。一度は、注文したはずの樽が一つ、足りなかったことも。蔵元に文を出して確かめたんですが、送り出しは間違いなくされていたので、若松屋に苦情を言ったのです。そうしたら、自分のせいではない、船主の不手際だと。責めを他に押し付けて、木で鼻をくったような対応をするんですよ」

噂では、船主と揉めて強面《こわもて》を使ったことがあるらしい。

「そこへ来て、番頭さんが殺されたって話もあったじゃないですか。こいつは付き合わない方がいい店だ、と思いましてねぇ」

先代の頃は、そこまで悪い評判はなかったんですがね、と丸木屋は残念そうに言った。

「そうですか。そんな店なら、裏で何をしているかわからないねぇ」

言ってから、順道は「しまった」という目で千夏を見た。煽《あお》るようなことを口にした、と後悔したのだろうが、千夏はとっくにその気になっている。

「伊豆屋さんは、しっかりしたお店なんですな」

話を逸らせるように、順道が言った。

「はい、商いの方も具合がよろしいようで」

そう応じてから、思い出したように丸木屋は言った。

「ただ、八つになるお子さんが蒲柳《ほりゅう》の質で、ご心配のようです。時々、ひどく咳き込まれるとか」

お医者としてどう思われますか、と丸木屋は問いかけた。

「ふむ、喘息《ぜんそく》かもしれませんな。お医者にはかかっておられるのかな」

「はい、漢方のお医者のようですが、なかなか良くならないと聞きました」

そんな話までしているなら、丸木屋は伊豆屋とだいぶ懇意になっているのだろう。

千夏の頭に、考えが浮かんだ。

「父上、うちにカミツレがありましたよね」

カミツレ（カモミール）は西洋の生薬で、胃腸を調えたり炎症を抑える他、喘息などにも効果がある。

「伊豆屋さんにお持ちしてはと思うんですが」

ほう、と、丸木屋は目を見開く。

「それは蘭方のお薬ですな。子供さんの咳に効くなら、伊豆屋さんはお喜びになると思いますが」

順道は惑うような顔になった。千夏が何か企んでいる、と察したのだ。

「伊豆屋さんのお店は、どちらかな」

順道が丸木屋に聞いた。日本橋川に面した小網町《こあみちょう》だとの答えが返る。

「うちから随分遠いじゃないか。うちに診療を頼むことはあるまい」

「お薬を届けるだけならいいでしょう。効き目を見て、漢方のお医者から蘭方へ鞍替えしてくれたら、蘭学全体のためにもいいことだし」

蘭学の味方に伊豆屋のような大店が増えていけば、江戸の人々にとって良いことで、頑迷な漢方医たちの壁に穴を開ける助けになる、と千夏は力説した。こうなると、言い負けるのはだいたい順道の方だ。

「ああ、わかったわかった。そうしたければ行きなさい」

順道は仕方なさそうに言った。丸木屋も、それは良いお話なので、うちから聞いたと言って下さい、と笑みを見せた。

「薬のお届けだけなら、一人で大丈夫よ。一度家に寄ってカミツレを持って、行ってきますね」

順道は、嘆息するように「うん」と頷いた。

小網町の伊豆屋の店は、金文字の看板を掲げた立派なものだった。間口は若松屋と同じ十二間ほどだが、奥行きはだいぶありそうだ。身なりのいい客の他、船頭らしいのや人足もひっきりなしに出入りして、若松屋に比べると大層活気があった。

店に入って、丸木屋から聞いたのでと来意を告げると、すぐに奥へ通された。さほど待たされることもなく出て来た伊豆屋の主人は、賢蔵《けんぞう》といい、まだ四十前に見えた。向き合っただけで、いかにもやり手らしい意気が感じられる。

「手前の倅のために、お薬をわざわざお届けいただいたと聞きました。初めてお目にかかりますのに、そのようなご心配をいただきまして、誠に恐れ入ります」

挨拶を交わしてから、賢蔵は丁寧に頭を下げた。

「はい。丸木屋さんから、お子様が咳でお辛いようだと聞きまして、医術に携わる者として聞き捨てにはできず、勝手ながらこのように押しかけました次第で」

御迷惑かもしれませんがと遠慮がちに言うと、とんでもないと賢蔵はかぶりを振った。

「なかなか治まらず、藁にも縋《すが》りたいところでございまして」

畠中順道先生のご評判は、耳にしておりますと賢蔵は言った。小石川から離れたこの辺りまで評判が聞こえているとは、我が父もなかなか大したものだ。

「図らずも先生の方から気にかけていただけるとは、有難いことでございます」

賢蔵の物腰は真摯で、好感が持てた。千夏は薬の包みを差し出した。

「カミツレと申します、蘭方の生薬です。熱いお湯で溶き、茶のようにして飲んで下さい」

「承知いたしました。早速に飲ませてみます」

奥の方から、子供の咳が聞こえた。それがしばらく続く。千夏は胸が痛んだ。

「これだけで全治するというわけではございませんが、続けていただければだいぶ楽になるはずです」

子供の喘息であれば、無理せず症状を緩和させていけば、成長と共に治まっていくことが多い。賢蔵も、それを願っていると言った。

「それでお代の方ですが」

賢蔵が尋ねたが、今回は頂くつもりはなかった。

「お試しいただいて、よろしければ改めて蘭方薬を扱う薬種屋か、ご近所の蘭方医の方からお求めいただければ結構です。このたびは、蘭方についてまずご理解賜ることが大事ですので」

「いえ、それはいけません」

賢蔵は懐から、懐紙に包んだものを出した。形で、小判だとわかる。千夏は困った。

「一両は多過ぎます」

「こちらまでお運び頂いた御礼も含めまして。多過ぎるということでしたら、次回の分も併せてということで」

そうまで言われては断り難い。ひと月ほどしてから具合を聞いて、追加を届けることにしよう。

「昔からのお付き合いの漢方医に診ていただいていたのですが、あまり変わりませんで」

千夏はそうでしたか、と言うにとどめた。喘息なら長い目で見れば漢方で充分良いのだが、症状を早く抑えようとするには蘭方の方が向いている。つまり、すぐの処置を求めるなら蘭方、弱い体を質から治していくような療法なら漢方という、使い分けが肝要なので、優劣を議論すべきものではない。漢方医でもそれがよくわかっている人はいるのだが、蘭方を領分を侵す商売敵としか見られない漢方医が、御典医などの上席を占めているのは、困ったものだった。

「ところで、丸木屋さんとのご縁は……」

千夏は世間話を装い、丸木屋が若松屋から乗り換えたことに触れた。はい、と賢蔵は頷く。

「若松屋さんの対応に、大変ご不満でしたようで」

「若松屋さんというお店は、そんなによろしくないのですか」

直截《ちょくせつ》に聞いてみると、賢蔵は「確かにご不満の方はおられるようですが」とだけ言った。同業の悪口を述べ立てるのは、好ましくないと思っているようだ。千夏はさらに押してみた。

「実は、昔から恩義のあるお方が、若松屋さんの悪い噂からとばっちりを受けているらしいんです。本当にそんな噂があるんでしょうか」

糸島屋のことを考えながら言ったのだが、賢蔵は唇を歪めた。

「噂と申しますと」

「その、抜け荷とか」

はっきり口に出すと、賢蔵はぎくっとした様子で肩を動かした。やはり、いろいろと知ってはいるのだろう。千夏はその顔を覗き込むようにして、待った。

しばし躊躇ってから、賢蔵は言った。

「若松屋さんの番頭さんが殺されたことは、ご存じですか」

「はい、聞いております」

「どうもその番頭さんが、良くないことに手を出していたらしく」

賢蔵は「良くないこと」とぼかしたが、表情を見れば抜け荷を指しているのは明らかだった。

「番頭さんが勝手にやっていたのですか。ご主人は知らなかったと」

さあ、それは何とも、と賢蔵は慎重に言った。

「あくまで疑いで、噂の域を出ません。ただ、御上が動いているとの話は、聞こえてまいります」

そうか。同業の間でも、井沢たちの動きは気付かれているのだ。ということは、当然若松屋の耳にも……いやいや、番頭殺しがあった以上、嗅ぎ回られるのは承知だろう。

「正直、このままでは若松屋さんは危ないのではないかと。取引先も、徐々に離れているようでして」

賢蔵は憂い顔で言った。それは若松屋の心配というのではなく、若松屋の不祥事が同業仲間全体に迷惑を及ぼすことがないかを気にしてのことに違いあるまい。

賢蔵に見送られて伊豆屋を出た千夏は、ちょっと考えて東湊町に足を向けた。大川の方へ歩き、湊橋を渡って霊岸島《れいがんじま》に入る。越前堀に沿って左の方へ行けば、すぐ東湊町だ。越前堀を挟んで西側は、八丁堀である。八丁堀の井沢たちとしては、こんな目と鼻の先で抜け荷を企んだ奴がいるなど、許し難いことと思っているだろう。

ほどなく若松屋の店が見えてきた。そこで千夏は立ち止まる。何やら、店が騒がしいように思えたのだ。折しも、手代らしいのが暖簾を跳ね上げて飛び出して来た。撥《は》ね飛ばされそうになった千夏は、慌てて避《よ》ける。

続けて、岡っ引きと奉行所の小者らしいのが三、四人、八丁堀の方から駆けて来て店に飛び込んだ。どうも只事でない何かが、起きたようだ。捕り方が大挙して押し込んでいるわけではないから、若松屋が手入れを受けたのとは違う様子である。

店から出て来た手代と、深刻な顔で話している男がいた。町役か何かだろう。手代が引っ込むのを見て、千夏はその男に駆け寄った。

「あの、すみません、何があったんですか」

呼び止められた初老の男は、何なんだと千夏を睨んだ。だが、どうせすぐ知れると思ったのだろう。ひと言で、事情を告げた。

「若松屋の旦那が、寮で首を縊《くく》ったんだよ」

十

全く思いもしなかった事態に、千夏は頭を抱えながら家に帰った。

「何、若松屋が自死だって」

千夏に話を聞いた順道と耕太郎も、啞然とした。

「罪を悔いて、ということかねえ」

順道が言ったが、千夏はどうもそんな単純な話ではないような気がした。

「井沢さんたち御役人の手が、すぐそこまで迫っていると観念したからでしょう」

耕太郎は、当然の如くに考えているらしい。

「伊豆屋さんの話では、抜け荷のことを仕切っていたのは殺された番頭ということでしたね。でもやっぱり、主人が知らなかったとは考え難いですよ。捕まる前に自分で始末を、と考えるのは筋が通ります」

「それはそうでしょうけど、どうして今なんだろう。寺島村の荷は隠せたのに」

千夏は考え込む。荷を見つけられてしまったから、というのならわかるが。

「いずれにせよ、詳しいことは私たちには見えないでしょう。もう、これまでにしておきませんか」

耕太郎は、手を引く潮時だと諭すように言った。まあ、当然と言えばその通りなのだが、奥歯に物が挟まったようで、どうにも落ち着かない。

「奉行所がどう見ているか、知りたいけどなあ……」

独り言のように呟いた。井沢はこの急な展開で走り回っているだろうし、何とか摑まえて聞いても、教えてはくれまい。他の手立てはというと……まあ、あるにはあるが。

「千夏さん、今日は私などに付き合って下さいまして、本当に嬉しいです」

両国の甘味処で千夏と並んで長床几に腰掛けた田上勝之進は、はにかみながら言った。その顔は、長床几に敷かれている緋毛氈《ひもうせん》と同じような色に染まっている。

「なかなかお声もかけられず、申し訳ないと思っていたのに、千夏さんからお誘いいただけるとは……」

「あっ、はあーその、この葛餅、確かに美味しいですねえ」

千夏は勝之進の言葉を止めるように、葛餅の皿を持ち上げた。さっきから勝之進は、何か気の利いたことを言おうと懸命になっている様子だが、誘われた礼を口にするだけで、うまい台詞が見つからないらしい。純朴なのは悪くないが、だんだん鬱陶しくなる。もう本題に入らないと。

「それでその、若松屋の一件ですけど」

「あっ、ええ、そうでした」

勝之進を呼び出したのは、これを聞くためだ。勝之進の父である吟味方与力は、倅をちゃんとした跡取りに育てるため、扱っている一件の調べの進め方について、詳しく教えているそうだ。無論、関わりない者に漏らすべき話ではないのだが、千夏がちょっと持ち上げてやると、勝之進は喋ってくれた。

「根岸の寮で首を吊っていたのを、朝になって下働きの者が見つけました」

「自死に間違いないんですか」

「今のところは、そのように」

含みのある言い方だ。質《ただ》してみると、まだ調べは続いているらしい。

「いささか唐突でした。前夜は下働きも下女も遠ざけ、一人でいたそうです」

「覚悟の自死で、邪魔が入らないようにした、と取れますが」

「ええ。ですが、内々で誰かに会うことを約していて、その相手に殺された、ということも考えられなくはないです」

「そこまで穿った見方をされるのですか」

「詳しくはわかりませんが、首を吊ったにしては得心のいかないところがあるらしく」

つまり、殺しを疑う理由があるわけだ。

「思いますに、若松屋が死んで抜け荷の詳細を聞けなくなったことで、少々意地になっているのかもしれません」

勝之進は、ちょっと斜めに見ているらしい。

「遺書はなかったんですか」

「それが、ありました。番頭が抜け荷の品を勝手に横流ししたのに気付き、口論の揚句殺してしまったと」

「あら。それなら全て、一件落着ではありませんか」

「そう簡単ではないのです」

勝之進は咳払いした。

「番頭殺しからもう二十日ほど経っています。殺しを後悔しての自死なら、遅過ぎる。手口も、川べりを歩いているところを、後ろから匕首で一突きにしている。口論の揚句、と言うには妙です。手慣れた者の仕業、という初めの見立てにも合いません」

それで奉行所の中でも、意見が割れているという。

「お恥ずかしい話ながら、簡単に済まそうという者と、時はかけても深く丁寧に調べようという者とに、分かれているのです」

本来なら後者であるべきはずだが、次々と事件が舞い込む奉行所では、あまり一つのことに手を掛けられないという事情もあるのだろう。

「それでも抜け荷は大罪ですから、御老中の手前、御奉行もあまり軽くは片付けられず、迷っておられるのでしょう」

異国船が頻繁に出没する昨今の事情では、特に、と勝之進は言い足した。自分も若輩ながら広く世の中を見ているのだ、と強調したかったのかも。

「そうですか。教えて下さって、ありがとうございます」

いえいえ、とまた赤くなった勝之進は手を振る。そこでもう一つ、聞いた。

「この件に絡んで、橋場町とか汐入とかの名を聞いたこと、ございますか」

勝之進は怪訝な顔をしたが、考えた上ではっきり答えた。

「いえ、聞いておりません」

あの小屋のことは、まだ八丁堀は気付いていないらしい。この先しばらくは、井沢たちも若松屋の自死の調べにかかりきりになるだろうから、手は回るまい。取り敢えず、ほっとする。

「あ、あの、ですね。よろしければこの後、回向院に寄りまして夕餉……」

勝之進がまた訥々《とつとつ》と言いかけたところで、鐘が鳴った。夕七ツだ。

「あ、もうこんな刻限」

千夏は、ぱっと立ち上がった。

「帰って診療の片付けを手伝わないと。今日は本当に、ありがとうございました」

勝之進に向かって腰を折る。勝之進はひどく残念そうな声で、「あ、はあ。そこまでお送りいたします」とうなだれ気味に言った。ご免なさいね。

「それでまた、勝之進さんを色香でたぶらかして聞き出した、ってわけですか」

梨里が大袈裟に呆れた顔をする。

「何てこと言うのよ。ちょっとおだてて、知ってることを教えてもらっただけじゃない」

それって、たぶらかしたことになりませんかねえ、と梨里はニヤニヤする。

「特に色香は余計でしょ」

「でも勝之進さんは、どう見ても千夏さんにほの字ですよ。そこにつけ込むのは、気の毒というものでしょ」

それを言われると、千夏も罪に感じた。

「まあ、悪いかなとは思うんだけど」

「勘違いして、嫁に欲しいと正式に言って来たらどうすんです」

「いや、それは」

向こうの親は、大事な跡取りに蘭方医の娘との縁組など、考えてはいないだろう。

ただ、絶対とは言い切れない……。

「今は考えないでおく」

ずるい、と笑う梨里に手を振って黙らせてから、千夏は言った。

「汐入の小屋のことは、まだ井沢さんたちは知らないみたい、でも、見つかるのに長くはかからないでしょう」

「ですよね。それで、何か考えが？」

ええ、と千夏は頷いた。

「徳吾郎さんに、直に聞いてみる」

これには梨里も、仰天した。

「直にって、本気ですか。もし徳吾郎さんが抜け荷にどっぷり嵌まり込んでたら、危ないでしょ」

「堂々と行けば、無茶はしないでしょう。私としては、徳吾郎さんを信じたいし」

本当に抜け荷に関わったというなら、得心できる理由があるはずだ、と千夏は言い張った。

「若松屋が、糸島屋を騙ってあの土地を買い取った、ということもあり得るのよ。面通しして確かめたわけじゃないんだから」

「理屈としてはあるかもしれませんけど、そういう調べは井沢さんに任せましょうよ」

もう充分、やったでしょうと梨里は言った。千夏は承知しない。

「八丁堀に話したら、すぐ徳吾郎さんをお縄にして、吐かせようとするはず。若松屋の死に方に怪しいところがあるのを、全部徳吾郎さんに被せちゃうと思う。そうすれば奉行所の中は納まるし、御老中にも早々に報告ができるから」

「そう……ですかねえ」

聞いているうちに、梨里も不安になってきたようだ。

「だからどうしても、徳吾郎さんに本当のところを聞きたいのよ」

「でも、先生や耕太郎さんは、絶対やめろって言いますよ」

わかってる、と千夏は言った。

「だから梨里、付き合って」

えーっと梨里は文句を言いかけた。だが、考え直したようだ。

「まあ……一人で行かれるよりは」

それでこそ梨里、と千夏は破顔した。

糸島屋を訪ね、番頭の万兵衛に徳吾郎に会いたい旨を告げると、意外なことに万兵衛は逡巡した。

「ああ、はい。主人《あるじ》はその、今日は少し加減が良うございませんで」

「え、旦那様のお加減が？　病なのですか」

千夏と梨里は顔を見合わせた。だが、本当に病となれば、様子を見ずに帰るわけにもいかない。

「それならば、拝見しましょうか。私でも多少のことはわかりますので、父に伝えて薬を届けるようにいたします」

申し出ると万兵衛は、しまったという顔になった。診ようというのにどうして、と思ったが、これはつまり、徳吾郎が会いたくないための方便だな、と気付く。他の客ならともかく、医師の娘である千夏に体調が悪いなどと言ってしまったのは、大間違いだったのだ。

「ああ、はい、それは誠に有難いことで……」

万兵衛は断りもできず、しばしお待ちをと言って奥に入った。

を返した。

「どうしたんでしょうね」

千夏と同様に考えたらしい梨里が、囁いた。会ってみればわかる、と千夏は呟き

ほどなく万兵衛が戻り、お待たせしましたと二人を奥へ案内した。奥座敷に通ると、徳吾郎が座って待っていた。臥せっていた様子はない。だが顔色は悪く、憔悴《しょうすい》しているのがはっきりとわかった。

「千夏さんに梨里さん。よくいらっしゃいました」

徳吾郎の挨拶はいつも通りであったが、声に張りがない。

「お加減が悪いそうですが、どんな具合ですか」

千夏がまず聞いた。徳吾郎は、ああ、いえいえと笑みを見せる。

「番頭がちょっと大袈裟に申しましたようで。このところ疲れが溜まっておりますので、そのせいでしょう」

よく見ると、目の下に隈ができていた。眠れてもいないようだ。

「確かにお疲れのように見えますね。後で体の疲れに効くお薬を差し上げましょう」

梨里が言った。徳吾郎は、それはありがとうございます、とすぐ礼を述べた。

「でも、お体のお疲れというよりは、何か大きなご心労がおありでは、とお見受けいたしますが」

徳吾郎の肩が、ぎくっとしたように強張った。やはり図星だ。

「若松屋さんのことを、お聞きになったからですか」

千夏は直截に若松屋の名を出した。徳吾郎の顔から、笑みが消えた。

「若松屋さんが寮で首を吊ったという話は、もうご承知ですよね」

千夏が畳みかける。徳吾郎は一瞬口籠もりかけたが、「はい」と答えた。

「お付き合いのあったお店ですので、ご主人があのようなことになり、いささか気落ちしてしまいまして」

徳吾郎の言葉は、言い訳のように聞こえた。「それだけですか」と千夏は言う。

「通り一遍の商いの相手であれば、それほどに気落ちすることはないでしょう。若松屋さんとは、もっと深い繋がりがあったのではないですか」

千夏のさらに踏み込んだ言い方に、徳吾郎は青ざめた。

「深い……繋がりと申しますと」

千夏は一度息を吐いて居住まいを正すと、徳吾郎を見据えるようにして話し出した。

「七日前にうちに来られた時は、そんなご様子じゃありませんでした。全くお元気そうで、それまでの糸島屋さんと何も変わらなかった。この七日の間に何があったのか。それはある程度、想像がついております」

事情を知られている、と察した徳吾郎は俯いた。だが、自分からはまだ話そうとしない。千夏はそのまま続けた。

「寺島村の寮と蔵のこと、ご承知ですね」

徳吾郎が身じろぎした。もはや否定できない、と思ったようだ。小さく「はい」と言った。千夏は先へ進む。

「あの寮で幽霊騒ぎが起こり、蔵の中にあった物は運び出されました。十一日前には、御役人の調べが入っています。でも、七日前にうちに来た時、あなたはまだその事情を知らなかった。たぶん、若松屋の番頭殺しのことも。長崎へ行っていたからです」

だから徳吾郎は、あの場で快活に振る舞うことができたのだ。店に帰った後、知らせを聞いた時には、奈落に落とされた気分になったことだろう。

「そして今度は若松屋の主人の自死です。あなたが若松屋さんと深い交わりがあったなら、次はどうなるかと気が気ではないはず。まして、御定法《ごじょうほう》に触れる企みがあったのなら」

御定法に触れる、という言葉に、徳吾郎の肩がまた、動いた。

「寺島村の寮の蔵にあった品は、茂介という村の船頭を使って、大川の対岸、橋場町の汐入に運ばれました。運んだのは、若松屋の手の者と見て間違いなさそうです。ところが、舟から下ろした荷物が運び込まれたのは、糸島屋さん、あなたが買い取った土地にある小屋でした。これは、どういうことでしょうか」

千夏たちは、あの小屋に寮からの荷が運び込まれたのを見たわけではない。錠前が掛かっていたから、中を検《あらた》めたわけでもない。つまり、まだ推測の域を出ていなかった。徳吾郎がそれに気付いているなら、知らぬ存ぜぬで突っぱねることもできよう。そうされたら、千夏たちはこれ以上突っ込む証しを持っていないので、話はそこでお終いになる。

千夏は言葉を切って、待った。表で客と手代がやり取りしている声が、微かに聞こえてくる。徳吾郎の心中では、この店を失うという現実が、重くのしかかっているのだろう。

どれほど待ったろうか。徳吾郎が顔を上げ、大きな溜息をついた。

「若松屋の話に乗ってしまいました。もっと深く考えるべきでしたのに」

徳吾郎は全て話す気になったようだ。千夏はほっとして、確かめるように聞いた。

「抜け荷に関わったのですね」

はい、と徳吾郎は力なく認めた。

「あなたほどのお方が、どうしてそのようなことを」

それが千夏の最も聞きたいところだった。徳吾郎は、苦渋の表情で言った。

「先日お邪魔した時、疱瘡に効く薬がある、という話をしましたね。若松屋は、それを手に入れることができる、という話を持ちかけてきたのです」

ああ、そういうことか。千夏は腑に落ちた。七日前徳吾郎が口にした、幾らかかろうとも疱瘡が治せるというなら賭けてみたいとの言葉が、頭に甦る。跡取りを疱瘡で失い、疱瘡を抑えるためなら何事も厭《いと》わない、という徳吾郎の心情に、若松屋はつけ込んだのだ。そんな純な熱意を利用して悪事に引き込むとは、若松屋はなんて酷い奴だ、と千夏は憤った。

「では、今あの厳重に錠前の下りた汐入の小屋にあるのが、その疱瘡の薬なんですか」

梨里が聞いた。徳吾郎は、その通りだと答えた。

「若松屋が寺島村の蔵に隠して、詮索する人を寄せ付けない仕掛けもした、と聞いていました。ところが七日前、そちらにご挨拶に行った日の晩、手前が長崎から帰ったと聞きつけた若松屋のご主人が来られまして、厄介なことになったと。手入れがあったので、薬の荷は汐入の小屋に移したと聞いたのです。初めに段取りを決めた番頭さんが来なかったので、どうしたのかと聞くと、殺されたというじゃありませんか。さすがに青くなりました。自分がとんでもないことに足を踏み入れてしまったと、ようやく気付いたのです」

後悔先に立たずですが、と徳吾郎は嘆いた。

「汐入の土地は、このために用意したのですか」

「いいえ、あそこは土地が肥えているので、薬草などを育ててみようと考え、しばらく前に手に入れていたのです。あの薬の手配をしてから、寺島村の蔵が使えなくなった時はこちらに移すこともできるかと、漠然と考えていたのですが、実際にそうなるとは」

おや、と千夏は引っ掛かった。

「最初から、寺島村が駄目になったら汐入に、という段取りを決めていたわけではないんですね」

「は？　ええ、そうです。若松屋は、汐入の小屋のことを承知していたようで」

なるほど。若松屋も、手を組む相手のことは相当に調べてあったろう。徳吾郎が江戸にいなくても、自分たちの考えで動けるように用意していたということか。

「ところで、そのお薬というのはいかほどで仕入れたんですか」

梨里が尋ねた。実際に使うとなると薬の値はどうなるか、気になったようだ。

「一貫《いっかん》（三・七五キログラム）で百両です。取り敢えず十貫買うことにしまして、千両となります」

ひええ、と梨里が目を剝いた。一斤《いっきん》（一貫の約六分の一）で百両、二百両になる朝鮮人参ほどではないにせよ、仕入れ値がそれなら売値は少なくとも、一回分の一包で二分とか三分とか、そのぐらいになってしまう。並の町人や小禄の旗本くらいでは、とても手が出ない。しかし本当に効くなら、命の値段だ。借財しても買う者は、いくらでもいるだろう。

「千両もお出しになったとすると……」

それが御上に見つかって取り上げられたら、抜け荷の罪で闕所《けっしょ》にならずとも糸島屋は潰れる。ところが、徳吾郎は思いがけないことを言った。

「それが、まだ払っていないのです」

「え、一文もですか」

「はい。長崎から帰り次第、支払うはずだったのですが、次々の騒動で支払いどころではなくなりまして」

「それは……」

運がいい、と言いかけて、やめた。そういう話ではないだろう。

「糸島屋さんが長崎に行っている間に、抜け荷の取引は若松屋が行ったのですか」

「そうです。取引の時、私は江戸にいない方が良かろう、ということで」

関わりが知られないようにする用心と考えれば、理解できる。しかし、それでは若松屋が仕入れ代金を立て替えたことになる。ずいぶん気前のいい話ではないか。

「若松屋は、それで良かったんですかねえ」

「相手方と、何か特別の約定があったのかもしれません。そこまで詳しくは、敢えて聞きませんでした」

確かに、徳吾郎から文句を言う筋合いのことではない。でも、何か釈然としなかった。

「それで、肝心のそのお薬ですが、どのような。先日おっしゃっていた、印度のものですか」

「左様です。印度で栽培し、薬に精製したものを、清国を経て」

「清国の船から内密に買った、ということですか」

「若松屋からは、そう聞いています」

ふうむ、と千夏は考える。印度から清国へ運ばれたなら、英吉利船を使ったはずだ。であれば、目ざとい英吉利商人が薬の値打ちに気付かぬはずはない。当然、本国でも売ろうとする。ならば医学書に必ず載るのに、最新の蘭書にもそんな話は書かれていない。

「七日前にも言いましたが、その薬のことがどこにも載っていないのは、どうも変に思えます。痘瘡の特効薬となれば、大きな話題になっているでしょうに」

「それは……新しい話なので、日《ひ》の本《もと》に入って来る蘭書には間に合わなかった、ということでは」

徳吾郎も、考えながら言った。それはあり得るが、やはり得心できない。

「それで、薬の現物はご覧になったのですか」

千夏が聞いた。いくら何でも、話だけで現物を見もせずに買い付ける、とは考え難い。

「はい、見ました。見本として示されまして」

「どんなものでしたか」

「はい……白い粉に黄味がかった粉と、黒い粉が混じっておりました。湯に溶いて飲むものだそうで」

何だろう。今までにない薬のわけだから、知らなくて当然かもしれないが、言葉だけでは何から作られたものか、千夏には見当がつかなかった。

「薬は、ここにはないのですか。その見本のようなものとかは」

それを聞くと、徳吾郎は気まずそうな顔になった。

「実は……一包だけ、あります。若松屋は、私が持っていて見つかったりしたらまずい、と言って、渡そうとはしませんでした。ですが、やはり手元に全くないのは不安です。それで、隙を見て一包だけくすね、懐に入れました。向こうは気付きませんでした」

千夏はちょっと感心した。人の好い徳吾郎にも、抜け目ないところがあるのだ。

「拝見できますか」

「承知しました」

徳吾郎は、もう躊躇うことはなかった。奥の居間に入ると、しばらくして小さな紙包みを手に、出て来た。

「こちらです」

千夏は、差し出された包みを開き、梨里と額を寄せ合った。

「何だと思う?」

梨里は目を近付けてよく見てから、くんくんと嗅いでみて、首を傾げた。

「わかんないけど……何となく、覚えのある匂いが」

「うちにもあるものが、含まれてるってこと?」

たぶん、と梨里は曖昧に言った。

「糸島屋さんご自身では、これを調べてみましたか」

「いえ。私は薬を仕入れて売ってはいますが、本職の薬屋さんのように、自身で調合したりはできませんし、材料についても詳しくはありません。効能書きを信じてお売りし、後はお使いになる蘭方医の方々にお任せしております」

元は唐物雑貨を商う店だったのが薬にも手を広げたのは、徳吾郎の代からだ。徳吾郎自身が、薬種に詳しかったり興味があったわけではなく、長崎で口利きをする人がいて、会所などの許しを得、主に名の知れた薬を売り買いするようになったのである。知られた薬なら、箱で仕入れてそのまま売ればいい。偽物を摑まされることもあり得なくはないが、相手方が信用できる商人ならまず大丈夫だし、偽薬なら医師が気付いて騒ぎになる。糸島屋の品に関して、今までそんなことは起きていなかった。

「これ、うちに持って帰って調べてみます。よろしいですね」

千夏は薬包を包み直し、有無を言わせぬ口調で告げた。徳吾郎は、「わかりました」とただ頷いた。その顔は、先刻よりもさらに生気を失ったように見えた。

家に戻ると、順道が「二人してどこへ行ってたんだ」と不機嫌そうに言った。手伝いがいなくて、不便だったらしい。

「ああ、ご免なさい。ちょっと蘭書を漁りに」

適当な言い訳を返して、誤魔化し笑いをする。梨里は急いでたすき掛けをして前掛けを着けると、診療部屋に入った。千夏は調べ物があると言って部屋に入り、襖を閉めた。

徳吾郎から預かった薬包を出して文机に置き、千夏は「さて」と薬包を睨んだ。広げて、改めて目を近付ける。それから虫眼鏡を取り出し、仔細に眺めた。次に棚から大きな道具を下ろし、その下に匙《さじ》ですくった薬粉を置くと、筒形の道具の上に目を当て、覗き込んだ。順道が買ってくれた、顕微鏡である。近頃はだいぶ手に入り易くなったと聞くが、どの医師も持っているというものではない。

「ふうん」

千夏は詰めていた息を吐いて、本の一冊を手に取った。蘭書ではなく、江戸で出された本草学《ほんぞうがく》の図版だ。その頁をめくってしばらく調べた後、千夏は台所に行って湯を沸かし、戸棚から出したものと一緒に部屋に持って行った。

千夏は、また薬のほんの少しを匙で取り、湯呑みの中で湯に溶かした。台所から持って来たものも、同様にする。それから両者を比べ、最後には舐めてみた。そして大きな溜息を吐いてから、梨里を呼んだ。

「どうだった？」

部屋に入って来た梨里が、早速尋ねる。千夏は、かぶりを振った。やっぱりね、と梨里は残念そうに言う。

「徳吾郎さんにすぐ教えてあげなきゃ。診療が一段落したら、また行くわよ」

承知、と梨里は頷いた。

「また出かけるのか。もう日がだいぶ傾いてるぞ」

順道は小言を言いかけたが、千夏は突っぱねた。

「糸島屋さんが、大変なことになりそうなの。行ってあげないと」

「何、またあの一件か。もういい加減に……」

終いまで言わせず、「とにかく詳しいことは、帰ってから」とだけ返すと、千夏は梨里の手を引っ張るようにして飛び出した。

徳吾郎は、二刻ほどでまた現れた千夏たちを見て、驚きを見せた。だが、その顔が忽ち暗くなったのは、何を告げに来たか察したからだろう。

座敷に座った千夏は、前置きを飛ばして言った。

「お預かりしたこれ、薬ではありませんでした」

千夏は薬包を畳に置いて、はっきりと口にした。徳吾郎の肩が、がっくりと落ちる。だが、千夏が薬包を持って帰った時点で、覚悟はできていたようだ。そうでしたか、と呟くように言った。

「いったい、何だったのですか」

「主には、小麦粉とトウモロコシの粉です。それにウコンと、地黄《じおう》をすり潰して粉にしたものを、混ぜています。飲んでも体に害などはなく、寧ろ滋養に良いものですが、疱瘡への効き目は、全くありません」

薬と言うべきものですらないでしょう、と千夏は断じた。徳吾郎の顔に、苦悶《くもん》が浮かんだ。

「薬ですらない……このようなものを売らずに済んで、良かったと申すべきなのでしょうね」

特効薬と信じて高値で買った人が、何の効き目もないと知った時の絶望を考えれば、徳吾郎の言う通りだろう。こんなものを売り付けた若松屋こそ、非道と言わねばならない。だが、どうにも解せないこともあった。偽薬にしても、もっと材料を考えて、それらしいものにできなかったのだろうか。これはどういう……。

千夏は身を乗り出すようにして徳吾郎の目を見据え、言った。

「糸島屋さん、あなたは嵌められたようですね」

十一

嵌められた、との言葉に、徳吾郎は膝に置いた手を握りしめた。

「偽薬を売らせ、私を罪に陥れようとしたわけですね。でも、どうして若松屋が……」

若松屋に恨まれる覚えはない、と徳吾郎は言った。やはりそうですか、と千夏は続ける。

「若松屋が自死したというのも、妙に思えます。御役人も、まだお調べを続けているようですし」

それに、偽薬を売らせるにしては、やり方がどうも杜撰《ずさん》な気がします、と千夏は言った。

「杜撰……ですか」

「はい。これが薬などでないことは、ちょっと調べればわかります。糸島屋さんにこれを十貫引き渡した後で、売り出し前にばれてしまうとは恐れなかったんでしょうか」

「それは……」

徳吾郎は、自信なげに口籠もった。徳吾郎は、薬種の知識に乏しいと先刻はっきり言っていた。なので、最後まで気付けなかったということもあり得た。しかしそれは徳吾郎の事情であって、周りの者はそうは思わないのではないか。千夏に言わせれば、薬を扱う以上は、充分に勉強しておいてもらいたい。自分に素養がなくとも、薬種に詳しい者を、他の薬種問屋から引き抜くなりなんなりして、雇っておくべきだった。それが薬を商う者の責任だ。徳吾郎は、その辺の考えが甘過ぎたのだ。

「では、つまりその……」

徳吾郎は頭が混乱してきたようだ。疑念が顔いっぱいに広がる。

「偽薬を売って儲けるつもりはなかった、と。偽薬が私の店で売り出されなくても、構わなかったと言われるんですか」

「はい。金だけが目当てなら、糸島屋さんに前払いをさせるか、前金だけでも取っていたでしょう。それすらしていないということは、おそらく、肝心なのは偽薬そのものではありません」

「よくわかりませんが」

「抜け荷、という形の方です。あなたが抜け荷に関わった、ということが大事だからなのではないでしょうか」

あっ、と徳吾郎は息を呑んだ。

「た、確かに。私自身は、抜け荷をやるんだと承知していました。品物が薬であれ小麦粉であれ、清国の船から買い入れたもので長崎を介していなければ、それは抜け荷です。御上に知られたら」

「騙されて小麦粉を摑まされただけ、と言っても通りませんね」

何ということだ、と徳吾郎は唇を嚙んだ。

「そんな騙され方をするとは、あまりに我が身が情けない……」

嘆く徳吾郎を見て、ふいに梨里が言った。

「あ、でも、糸島屋さんに抜け荷の話を持ちかけたのは、若松屋の殺された番頭だということでしたね。取引に関わっていたのがその番頭と主人だけだったとしたら、糸島屋さんの関わりを知っている人は、もういないのでは」

千夏と徳吾郎は、二人して「えっ」と絶句する。言われてみれば、そういう向きからは考えていなかった。

「いや待って。荷を寺島村へ運び、その後汐入に移した連中がいるでしょう」

「それって、茂介さんの話からすると、雇われた強面でしょう。そういう連中は、頼まれたことだけしかやらない。糸島屋さんの名前なんて、聞いてないんじゃないかな」

ふむ、それは正しいかもしれない。だが、井沢が糸島屋に目を付けているらしい、という事実は確かにあるのだ。それについてはどうなの、と言ってみたが、梨里は既に考えていた。

「件の番頭さんと会っていたか、話をしたのを、若松屋の他の手代とか、会合した料理屋の仲居さんとかに見られていたんじゃないでしょうか」

あ、と徳吾郎が声を漏らした。

「あの番頭さんと会って話をしたのは、深川黒江町《くろえちょう》の料理屋です。店から離れた方がいい、ということでしたので」

深川黒江町なら、永代橋《えいたいばし》を渡れば東湊町からそう遠くない。手代などが、番頭が誰かと商談のためその料理屋に行った、と気付いていて、それが井沢の耳に入ったとしたら。料理屋の者に話までは聞かれていないにしても、会っていたという事実があれば、井沢は当然、糸島屋について調べておこうとするだろう。

「若松屋の他の番頭とか手代は、抜け荷のことを知らなかったのかな」

「知る者が多ければ、露見しやすいでしょ。店ぐるみってことじゃなく、主人と番頭の二人だけで仕切ってたのかも。だいたい、若松屋には充分にお調べが入ってるんです。なのに糸島屋さんに御役人が来てないってことは、知ってる者がいないからじゃないでしょうか」

なるほど。領地に大きな湊を持つ大名家と組んで、店ぐるみで半ば公然と抜け荷をやる話はある。だが若松屋は単独でこそこそやっていたらしく、そういうものとは違う。梨里の言うように、主人と番頭だけで仕切っていたため、二人とも死んだことで調べが進まなくなった、と考えるのは、間違いではないかも。

「もしそうなら、残る証しは汐入の小屋にある荷物だけ、ってことになるかしら」

そこに思い至った千夏は、徳吾郎を促した。

「御役人が汐入に気付くまで、時はあまりありません。急いであの荷を、処分すべきです」

中身は小麦粉やトウモロコシ粉なのだから、抜け荷の品と疑われるような箱や梱包を取り外し、ありふれた袋にでも移しておけば、言い逃れはできそうに思える。しかし、若松屋で何らかの抜け荷の証しが見つかり、その結果、井沢たち役人が汐入に辿り着いたとなれば、そう簡単に済まないだろう。

「若松屋でちらと見たのですが、あれが入っていた箱は油紙で幾重にも包み、菰を被せてあったと思います。箱そのものは、さして頑丈ではないはず。打ち壊して、中身を捨ててしまうこともできましょう」

早速に、と徳吾郎は動きかけた。が、はたと困ったように中腰で止まった。

「錠前が……先ほど、厳重に錠前が下りていると言われましたね」

「はい。ですから私たちは入れないので」

「その錠前、うちのものではありません。若松屋が用意したものでしょう」

その意味に気付き、千夏は顔を歪めた。

「では、糸島屋さんには錠前を開ける鍵がないんですか」

その通りです、と徳吾郎は無念そうに呻いた。まさか若松屋に鍵をくれ、と言いに行くわけにもいかない。

「どうしましょう。急がないといけないのに」

梨里が焦って言ったが、すぐに考えは浮かばない。金梃《かなてこ》でも持って行って錠前をぶっ壊すか、と思ったが、押し込みのような真似をして、汐入の村の人たちに見つかったら厄介だ。徳吾郎が行って、自分の持ち物の小屋だからと言えば、村の人は得心するだろうが、後で役人が調べに来た時、徳吾郎が小屋で何かやっていたという話が出るのは避けたい。

そこで暮れ六ツの鐘が鳴った。もう帰らなくては。千夏は徳吾郎に、「ちょっと手を考えます。くれぐれも、早まった真似はなさらぬよう」と釘を刺すと、梨里と二人で糸島屋を出た。酷く心配そうにしている万兵衛には、大丈夫ですから普段通りに、としか言えなかった。

外へ出ると、遠くで雷が鳴った。晴れていたはずの空は、いつの間にか黒雲に覆われている。

「夕立が来るわ。早く帰りましょう」

梨里が袖を引いた。千夏は空を見上げ、今の気分を表したみたい、と思った。

家に帰るのとほぼ同時に雨が降り出し、あっという間に車軸を流すような大雨になった。

「やあ、危なかったですねえ」

迎えた久造が、ほっとしたように言った。この前、濡れ鼠で帰った時のことを思い出したのだろう。

「夏の終わりの天気ね。あと何日かは晴れても夕立という、こんな具合でしょう」

千夏が外を見やりながら言うと、順道が耕太郎と一緒に出て来た。

「糸島屋さんに行って来たのか。それで、どういうことなんだ」

順道が眉間にしわを寄せ、問い詰めるように言った。

「今から話すわよ。ちょっと待って」

千夏は先に立って座敷に入り、梨里と一緒に順道たちに今まで考えたことを話した。順道と耕太郎は、揃って目を丸くした。

「何と、糸島屋さんが抜け荷を。自分で認めたのか」

「ええ。でも、今話した通り、騙されていたのよ」

驚いたな、と順道は唸った。

「千夏さんは、一人でそこまで見抜いたんですか。凄いな」

耕太郎は、すっかり感心した様子だ。

「持ち上げると、また調子に乗るぞ。確かに見事だが、蘭方医の娘のすることか。井沢さんに任せろと、さんざん言っているのに」

順道は顔を顰める。耕太郎は、これも人助けでしょうと取りなしてから、千夏に言った。

「でも、おかしいですね。若松屋はどうして糸島屋さんに目を付けたんでしょう」

「そうね。まあ、お金について言うなら、最後までうまく行けば、若松屋は千両、濡れ手に粟だったのよね」

そこで梨里が手を挙げた。

「いや、待って。糸島屋さんは、痘瘡の薬だと思ったから話に乗ったわけでしょう。そこが糸島屋さんの弱味だってこと、承知のうえでの狙い撃ちですよね。どうやって知ったのかな」

「そうか。取引があったとは言え、糸島屋さんがそんなことを若松屋に話していたとは思えないわね」

「ということは」

耕太郎は腕組みし、思案顔で言った。

「若松屋の裏に、まだ誰かいると？」

おそらく、と千夏は頷く。

「糸島屋さんを潰したがっている誰かが、ね」

「とすれば、ですよ」

横から梨里が言った。

「若松屋の番頭殺しは、その誰かの仕業かもって話になりませんか」

番頭が怖気づいたとか、仲間割れしたとか、と梨里は付け加える。ありそうだ、と千夏は認めた。

「おいおい、どんどん物騒な話になるじゃないか」

順道は慌てた様子で言った。

「もういい加減にしておきなさい。そんな危ない連中と、直に関わったら大変だ。何度も言わせるんじゃない。後は井沢さんに」

「八丁堀に任せたら、間違いなく糸島屋さんは潰れる。それでもいいの？」

言われた順道は、うーっと唸って言葉を呑み込んだ。

「おや、雨は上がったようですね」

気を遣ったか、話を逸らすように耕太郎が外を指した。もう暗くなっているが、雨音はしない。

「そうね。空の具合と暑さから言って、明日もこんな天気でしょう」

言ってから千夏はふと、早くも雲が切れかけている夜空に目を向け、もう一度「明日も……」と呟いた。

翌日、千夏は朝からずっと家にいた。蘭書と日本の訳書を広げて交互に読んでいる様子を覗き見た順道は、昨日の今日でさすがにおとなしくしているな、と安心したようだ。

合間に梨里が顔を出して、読んでいる本を見た。蘭書は無論読めないが、訳書の方は梨里にもわかる。

「何ですかそれ。今度は空とか雲とか……お天気の本？」

「まあ、そういうもの。さて、もう八ツくらいかなあ」

千夏は外を見て呟くと、立ち上がった。そのまま表に出て行き、西の空を見上げる。入道雲が湧きたっていた。

「あれ、何をしてるの。角度とか見てる？」

千夏が地図を開いて、定規を雲に向けているのを見た梨里は、不思議そうに聞いた。千夏はすぐには答えず、一心に雲を見つめてから、地図にも定規を当てた。そして「よし」と一人で拳を握り、振った。

何が「よし」なんですと梨里が聞こうとした時、千夏が振り返って言った。

「出かけるよ。あの銅の棒、もう直ってるよね。持って来て」

あまりに唐突だったので、梨里はぽかんとした。

「出かけるって、どこへ」

千夏は、当然のように答えた。

「汐入に決まってるじゃない」

十二

夕七ツを過ぎた頃、汐入に着いた。あの小屋は、この前と何も変わった様子はなく、空き地の真ん中に建っている。千夏たちは、雑木林の中からじっとそちらを窺った。

空き地の周りの畑では、お百姓が五、六人、野良仕事に精を出していた。皆、空き地の向こう側の、村の家々との間にある畑にいて、こちら側の畑には誰もいない。こちら側での仕事は、昼前に終わったのだろう。自分たちの姿を見られる心配が少ないのは、有難い。

「まさかまたこれを使うとは、ねえ」

梨里は苦笑しながら携えた銅の棒を叩いた。これをここまで持って来るのは、大変だった。いったいそれは何だと道々で聞かれるのは目に見えていたので、風呂敷で巻いて縛り、下から竹筒を突き出す形にして、担いだ。竿竹を運んでいるように見せかけたのだが、年頃の綺麗な娘が竿竹なんかを担いでいては、やはり目を引く。道中、十回くらい男が寄って来て、俺が運んでやろうと声を掛けた。下心が見え見えなので、どうにか振り払いつつ、ここまでやって来たのだ。

「いい迷惑よ、まったく」

不満たらたらの梨里を宥めすかして雑木林の手前の叢に潜り、待った。千夏は、木々の間から見える雲を、ずっと見つめている。昼に出ていた壮大な入道雲は、既に崩れて広がっていた。

雷の音が聞こえた。千夏の顔が、引き締まる。

「来るよ。用意して」

「いや、用意って……」

梨里は畑の方を見た。お百姓はいつも日暮れまで働いているのだろうが、雷鳴を聞いて早めに切り上げたらしく、二人くらいしか残っていない。その二人も、仕舞い支度を始めているように見えた。

「本当にあれに上るんですか。見られちゃったら、かなりまずいんじゃ」

「こっちは向いてないし、気にもしてないでしょう。結構離れてるから、大丈夫よ」

千夏は請け合ったものの、梨里は安心できないようだ。それでも、仕方なさそうに着物の裾を膝までまくり上げて、銅の棒を担いだ。千夏はその後に続く。今日の二人は、農家の者に見えるように、縞柄の地味な着物を着ている。遠目には、畑の手伝いだと思われるだろう。

千夏と梨里は、向こう側の畑から見えないように小屋に近付き、その陰に蹲った。また雷が鳴る。さっきより少し近付いた。

「じゃあ、頼むわね」

千夏は屋根を指した。

「梯子がないんだけど」

梨里がまた文句を言う。そりゃ、棒に加えて梯子まで担いで来られるわけがない。

「贅沢《ぜいたく》言わないの。あんたならできる」

肩を叩いてやると、梨里は舌打ちし、小屋の板の隙間に手掛かりと足掛かりを探して、ひょいひょいと上り始めた。

千夏は梨里が家に来てしばらく経った頃を思い出した。千夏は、自分で作った竹トンボを飛ばしていたのだが、それが屋根の上に落ちてしまった。泣きそうにしていると、梨里が傍に来て、千夏が屋根を指した途端、無言で建物脇の木によじ登った。驚いて見ていると、梨里は木の枝から屋根にさっと移り、竹トンボを拾うと、あっという間に木を伝って下りてきた。竹トンボを受け取った千夏が、ありがとうと言うと、梨里はニヤッと笑った。それまでほとんど喋っていなかった梨里は、その頃から徐々に、畠中家に溶け込んでいった。

梨里は忽ちのうちに屋根に上がり、身を伏せながら屋根の真ん中に進んだ。それを見上げながら、梨里のこの身の軽さは何だろう、と改めて思う。出自と関係があるのでは、とも考えたのだが、話を振っても、梨里は曖昧に首を傾げるだけ。話したくない事情があるのか、記憶が消えているのか、それもわからなかった。いずれにせよ、無理に聞くことでもない、と千夏は割り切ることにしている。

「大丈夫みたい」

屋根から梨里が、村の方を指して言った。覗いてみると、お百姓たちはもう家に入りかけている。空に稲光が走り、千夏は梨里に手を振った。梨里は軽く頷くと、銅の棒を持ち上げて、屋根板のてっぺんの隙間を見つけ、差し込んだ。ぐいぐい押すと、どうにか真っ直ぐに近い形で立てることができた。

梨里は千夏を見下ろし、これでいいかと目で尋ねた。千夏が指で丸を作ると、梨里は上った時の倍の速さで地面に下りた。

「これで、下駒込の時と同じになるの？」

梨里はまだ少し疑わしげである。千夏は正直に言った。

「……なると思う、たぶん」

「何それ。結局、運任せってこと？」

梨里が呆れるのに、いやいやと首を左右に振る。

「それなりの自信はあるんだけど。まあ、七分三分……」

言いかけて、梨里の冷たい視線に射竦《いすく》められる。

「いや六分四分……て言うか、五分五分……かな」

「やっぱり運任せじゃないですか！」

梨里は目を怒らせた。本当は五分より悪いかも、と思っているのを見透かされたようだ。

「しくじったら、次はどうすんのか、考えてるんですか」

「んーっとね。銅の棒を使って錠前を壊す。で、箱も壊して中身を土の上にぶちまける。足で踏んで均《なら》しちゃえば、一雨降ったらもうわかんなくなる」

「その方がよっぽど簡単じゃない！　初めからそうすりゃいいじゃないですか。今なら村の人の目もないし」

「でも、やっぱり何かしら細工の跡が残るよねえ」

だからと言って、と梨里が嚙みつこうとした時、激しく雷が鳴った。梨里は「きゃっ」と身を縮める。

「ここじゃ危ない。下がろう」

千夏は梨里の手を引き、さっきまでいた場所に戻った。戻った途端、さらに強い稲光が走り、間をおかずにガラガラと大きな雷が響いた。もうすぐそこまで来ている。千夏は頭の中で、賭け率を五分五厘に上げた。

そろそろだろうか。千夏はそっと空を見上げた。その途端、稲光が小屋の屋根に突き立った銅の棒に届き、凄まじい火花が飛んで、爆発音が轟いた。千夏と梨里は、手で頭を覆って身を伏せた。

顔を上げた時には、小屋から火が出ていた。火は屋根を覆い、見る間に板壁の隙間から煙が出始めた。梨里は目を瞬く。

「何これ。下駒込より火の回りが速い」

「徳吾郎さんが言ったでしょ。箱は幾重にも油紙に包まれてるって。油紙って、とっても燃えやすいからね」

梨里は驚きを見せて言った。

「それ、勘定に入れてました？」

ええ、と千夏は得意そうに笑った。

落雷と火事に気付いた村の人々が、家から飛び出すのが見えた。だが、小屋を指すばかりで火を消しには来ない。他人様の土地だし、村の建物から大きく離れてぽつんと建つ小屋だから、類焼の心配はないと見切っているのだ。これも思った通りだ、と千夏はほくそ笑む。

安普請の小屋の屋根が、半分崩れ落ちた。銅の棒も落ちる。中にあった偽薬の箱は、火に包まれているようだ。いいぞその調子、と思ったところで、顔にぽつっと水滴が落ちた。

「あ、いけない。雨だ。これも下駒込と同じ」

梨里が声を上げた。雨粒は次々と落ちて来て、幾らも経たないうちに本降りになり、さらに激しくなった。

「どうしよう。火が消えちゃうわ」

梨里は慌てた様子で、身を乗り出している。それを千夏が制した。

「大丈夫。もう箱は燃えて壊れてる。これだけの雨なら、残った粉を洗い流して、何だったのかわからないようにしてくれる」

あっと息を呑んで、梨里は千夏の顔を見た。

「まさか、それも勘定に入ってたんですか」

まあね、と千夏は得意顔になった。本当は、そうなればいいと念じていたのだが、今日のところは、八百万《やおよろず》の神様は徳吾郎と自分たちに味方してくれているようだ。

雨が小降りになる頃、小屋はまだ燻《くすぶ》っていたが、炎は消えていた。千夏は梨里を促し、這うようにして小屋に向かった。着物は泥だらけになるが、仕方がない。

小屋はほぼ崩れ落ち、思惑通り、箱は形をとどめていなかった。燃え残りが散ばり、中に入っていた粉は大半が流れ出したようで、隅に幾つか、塊になって残っているだけだ。千夏たちはそれを蹴って泥と雨水に混ぜ、黒焦げの木の間から銅の棒を見つけ出した。まだ熱いので、持って来る時に使った風呂敷を濡らして、巻いた。棒は前と同様、熱のせいか少し曲がっている。

「これ担いで帰ると、来る時より目立ちますよねえ」

梨里が情けなさそうに言った。

「帰りは暗くなるから、よくわからないんじゃない？」

「いっそ途中の川か堀に捨てますか」

源さんには悪いが、それも仕方ないかな、と千夏は思った。

「ところで、提灯は」

えっ、と千夏は慌てた。それは用意していなかった。

「それにこの着物。これで帰ったら、夜回りか木戸番に止められそうで」

若い娘が二人、泥だらけの着物で提灯も持たずに暗い道を帰る。どう見ても怪しいし、危ないことこの上ない。

「日が落ちる前に、街道に出ましょう。下谷通新町《したやとおりしんまち》に古着屋があったわ。そこで着物を買って着替えて、提灯を借りるか、駕籠を呼んでもらいましょう」

梨里がてきぱきと言った。千夏はただ頷くしかない。それを見て、梨里が笑った。

「その辺は、何も勘定してなかったんですね」

千夏は照れ笑いするしかなかった。


駕籠で家に帰った時は、もう六ツ半（午後七時）を過ぎていた。幾ら千夏に甘い順道と雖《いえど》もこれはおいそれとは許してくれず、こんな刻限まで何をやっていたんだとこっぴどく叱られた。それでも、落雷を誘って糸島屋の小屋を燃やした、などと口にできるわけがない。下駒込の小屋の件だって、内緒の話なのだ。

「その、糸島屋さんを救うための証しがないか、と探し回っていたら、すっかり遅くなってしまって」

千夏はそう言い訳した。順道はなかなか得心しなかったが、耕太郎が宥めに入って、どうにか落ち着いた。夕餉を食べ損なった千夏と梨里は、久造からこっそり握り飯をもらって、ひと息つくことができた。

「今日やったこと、徳吾郎さんには話しますか」

寝る前に梨里が聞いた。千夏には、そのつもりはなかった。

「さすがに、雷の力を使って証拠を消しました、なんて言えるわけないよ。たぶん、汐入の名主さんから小屋が燃えたっていう知らせは届くでしょう。徳吾郎さんは、神仏のご加護があったと胸を撫で下ろすんじゃないかしら。それでいいでしょ」

梨里はちょっと考えて、「まあ、そうしときますか」と頷いた。

それから二日ほどは、千夏もおとなしくしていた。次にできることが思い付かなかったからでもあるが、何かしに行こうとしても、順道に詮索されて止められただろう。

その代わり、三日目の朝に井沢がやって来た。表情からすると、あまり機嫌はよろしくないようだ。順道と一緒に応対に出た千夏は、少しばかり身構えてしまった。

「若松屋の一件で、忙しいんじゃないかね」

順道の方から、まず言った。ほんの挨拶代わりだったのだろうが、井沢は硬い顔になった。

「どうも思わしくありませんな」

ほう、と順道が眉根を寄せる。

「調べの方が、うまく行っていないのか」

「ええ。若松屋を大番屋に呼んで問い質す前に、首を縊《くく》られちまったんでね。上の方は、大層おかんむりでして」

直に調べに当たっていた井沢は、だいぶ絞られた上に尻を叩かれているようだ。

「それは大変ですねえ」

千夏は同情するように言ったが、井沢にじろりと睨まれ、首を竦めた。井沢さん、私がまた何かやったと疑ってるんじゃないだろうな。

「自死したということは、やはり抜け荷のことを奉行所に知られて、逃げられないと思ったんだろうねえ」

「それだけではなく、抜け荷の品を横流しした番頭を殺した、という遺書もありました」

「えっ、殺しも自白したのか」

順道は大いに驚いた。千夏は勝之進から既に聞き出していたが、今初めて知ったように目を丸くする。

「番頭さんは、主人を裏切っていたんですね。抜け荷の罪だけでも重いのに、自分でもっと儲けようとするなんて」

「番頭が店を乗っ取ろうとしていた、なんてぇ噂も出て来てるぐらいでしてね」

それはまた、酷い店だねぇ、と順道も呆れている。丸木屋が若松屋との取引を切って伊豆屋に替えたのは、実に幸いだったとも言った。

「じゃあ、番頭さんから横流しを受けていた店も、お咎めを受けますよね」

何気なく、千夏は言った。だが、その言葉に井沢の表情が、一段と険しくなった。

「あの……どうかなさいました？」

千夏が聞くと、井沢は躊躇いを見せたが、仕方なさそうに言った。

「それが困ったことに、何を誰に横流ししたかってぇのが、どれだけ調べてもわからねえんですよ」

「横流し先が、見つからないんですか」

これはちょっと意外だった。八丁堀がその気になれば、簡単に見つかると思ったのだが。

「表の帳簿にゃ、当たり前だが載ってねえ。で、裏帳簿を探しました。それは見つかったんですがね。抜け荷そのものについては、記されてた。売り先についても、名前は伏せられてはいるが、書いてある。だが、出入りの勘定は合ってるんですよ」

ふむ、と順道は生返事をする。意味がよくわかっていないようだ。それに気付き、井沢は先を続けた。

「抜け荷の仕入れについて書かれているからには、主人はこの裏帳簿のことは当然承知してる。そこに番頭が、横流しについて書き込むわけがない。何らかの誤魔化しがあったはずです。それを見つけるにゃ、裏帳簿に載ってる売り先を探し出して、出入りに誤魔化しがあるかどうか、突き合わせなきゃならない。ところが、売り先を見つけるだけでも難儀だ」

相手が抜け荷の品だと知って買ったなら、自分も罪に問われるのだから、当然隠すだろう。

「岡っ引きを二十人も使ってさんざん調べ回ったんですが、少なくとも十五人以上いるはずの売り先で、身元が割れたのは三人だけ。いずれも抜け荷の品だとは知らなかった、って青くなってましたがね」

その三人については、実際の売買と裏帳簿の記載に矛盾はなかったという。

「このぶんじゃ、一人ずつ見つけて潰していくのに三月《みつき》も四月《よつき》もかかっちまう。上はそこまで待っちゃあくれやせんし、どうにも困ったもんで」

井沢にしては珍しく、愚痴をこぼした。

「おまけに、伝手を使って宿下がりの大奥の御女中に売った、ってぇ話もありましてね。ますます厄介に」

抜け荷の品を大奥に？

「あの、若松屋は何を抜け荷してたんですか」

千夏が聞くと、井沢は嫌な顔をしたが、話してくれた。

「翡翠《ひすい》とかの、飾りの細工物ですよ。清国で作ったものらしいが、かなり値が張ります。一つだけでも、奢侈《しゃし》の禁令に引っ掛かる」

「つまり、小さくても儲けが大きいものを扱っていたんですね」

「そうです。物が小さけりゃ、運ぶのは楽だ。途中で見つかる心配も少ねぇ。うまいやり方ですよ」

「若松屋が抜け荷で仕入れていたのは、それだけですか。壺とか皿とか、織物とか薬とか香料とか、商売になりそうなものは一杯あるのに」

千夏は、さりげなく「薬」という品目を入れてみた。が、井沢は否定した。

「それはこっちも考えて調べたが、ないようです。取引の相手方が、飾り物だけを扱う商人だったのかもしれねえし、若松屋が扱いやすい品だけに絞って買っていたのかもしれません」

ここまで聞いて、順道は感心したように言った。

「ふうむ、なるほど。思ったより大変なお調べになっているようだね。井沢さんも、苦労があるねえ」

順道は、後で疲れに効く生薬をあげよう、と井沢に言った。それで話を終わらせる気だったのだろうが、千夏にはまだまだ聞きたいことがあった。

「でも若松屋は、どこかへ逃げようとはしなかったんですかね」

「そりゃあ、殺しまでやっちまったんですからね。逃げきれねえと覚悟したんでしょう」

井沢のその言い方に、千夏は疑念を嗅ぎ取った。井沢自身も、今自分で言ったことを、信じているわけではないらしい。千夏は勝之進が、この件について奉行所内の考えが割れている、と言ったのを思い出した。よし、思い切ってそれをぶつけてみよう。

「井沢さん、前に若松屋の番頭殺しの話をされた時、番頭さんは背中から心の臓まで一突きにされてた、っておっしゃいましたよね。うちの父も、それは手慣れた者の仕業では、と言っていたと思いますが」

井沢の眉が、ぴくりと動いた。

「何が言いたいので？」

「ええとその、少なくとも若松屋は、殺しに慣れた者とは言えないと思いますが」

確かに、と井沢は認めた。

「若松屋は先代から店を継いだ、生まれも育ちもれっきとした商人で、荒仕事をやっていた、なんて話はありませんね」

「ですよね。それに、番頭殺しを今頃になって悔いて、というのも変です」

ほう、と井沢は目を細めた。

「なかなかの見立てですな。まるで、奉行所の同心部屋の話を聞いていたみたいだ」

千夏は、ぎくっとした。勝之進が喋ったと、見抜かれたりはしていないだろうな。

順道も怪訝な顔で千夏を見ている。

「まあ、いいでしょう。今言われた通り、若松屋の自死にはいろいろと不審なところがある。しかし、御奉行からもせっつかれてましてね。俺としても、困ってるんですが」

そこで先生、と井沢は順道に言った。

「例えばですよ、眠り薬を何かに混ぜて飲ませ、眠り込んでいるところを首に縄を掛けて吊り下げる、なんてことはできますか」

順道は当惑の色を浮かべたが、すぐ答えた。

「そりゃあ、できるさ」

「その証しは、出ますか」

「飲んだものが残っていないと、難しいな。それはなかったのかね」

「ええ、何も」

「ふむ。その場で検めていれば、何かわかることがあったかもしれんが……死骸から確実にその証しを見つけようとするなら、腑分けして胃の中に残っているものを、取り出して調べるしかないな。さすがに、そんなことはできまい」

「ええ、とてもお許しは出ないでしょう」

医学のためということで、罪人の死骸を腑分けすることは以前から行われている。無論、その都度御上に願い出て許しを得る必要があるし、飲んだものを調べるために腑分けする、などと言っても通るまい。

「井沢さん、あんた、若松屋は殺されたんじゃないか、と疑っているのかね」

順道にも井沢の考えはわかったようだ。井沢は敢えて否定しなかった。

「それもあり得る、とだけ申し上げておきます」

順道は、呻いた。

「ずいぶんと大変な一件になっているじゃないか」

「ええ、そうなんですよ。本当は、寺島村の寮の跡地の蔵にあったらしいものが抜け荷の品に間違いないのか、それがどこへ運び去られたのか、を調べたいところなんですがね。生憎《あいにく》と若松屋の周りを調べるのに一杯で、そっちまで手が回らねえ」

「あの村は旗本領だろう。そちらに任せれば」

「ええ、上の意向もそういうことなんですが、こんな大きな一件は御旗本なんぞの手に余る。向こうは年貢をきっちり取り立てて、村々の仕切りがうまくいくように見ておくのが仕事です。お調べのイロハもわかっちゃいねえし、そもそも人手がねえ。だから寺島村での調べも、さっぱり進まねえんです」

それは困ったことだな、と順道も眉をひそめた。

「昨日になってようやく、茂介って船頭が若松屋に雇われたらしい連中に頼まれて、荷を運んだってことがわかったんです。それで急いでその船頭をしょっぴいたんですがね」

井沢はそこで言葉を切り、じろりと千夏を見た。冷や汗が出そうになった。千夏たちが茂介から話を聞いて、もう九日経っている。茂介をしょっぴいたなら、そのことは井沢の耳にも入っているだろう。何故早く自分に知らせなかったか、と暗に責めているに違いない。

「茂介は、寺島から大川の向かいの橋場に荷を運んだそうです。しかし、何を運ばされてるのかは知らなかったようです」

ただ荷運びに雇われただけで、最後は口止めに脅されていたってことなんで、そう大した罪にはならんでしょう、と井沢は言った。千夏に聞かせるために言ったのかもしれない。

「じゃあ、橋場に別の隠し場所があったわけかね」

順道が言った。父上、それは聞かないで。

「いえ、そのはずなんですがまだ見つかっていません」

「それらしい蔵とか、ないわけか。もっと遠くまで、荷車か何かで運んだのかな」

「ええ、茂介によると夜に運んだんで、見た者はいませんからね。そうかもしれない。ただ、ちょっと気になることはありまして」

井沢はまた、横目で千夏を見た。千夏は、うろたえないよう何とか堪える。

「気になること、と言うと？」

「はい。茂介が舟を着けたところから三、四町西へ行くと、汐入って村になります。お聞きになったことは？」

「うん、確か美味い大根の採れるところだね。そこで何か？」

「畑地の真ん中に空き地があって、そこに小さな小屋が一つ、建ってたんですがね。三日前、雷が落ちて燃えちまったんです。中に何があったかは、昨日調べた限りじゃわかりませんでした」

ほう、と順道は興味深そうに井沢を見た。一方、千夏はこの場を逃げ出したくなった。

「そこが隠し場所に使われていたと？」

千夏は順道に、糸島屋が悪事に巻き込まれていることは話したが、汐入の小屋のことは告げていなかった。それは幸いだった。

「さて、その証しは何もないんですが、俺たちが調べに行くちょっと前に焼け落ちたってぇのが、ずいぶん都合がいいなと思いましてねぇ」

井沢は言いながら、ちらりとまた千夏を見やる。千夏は目を逸らした。

「とはいえ、村の連中に聞いてみたら、みんな口を揃えて雷が落ちたための火事だ、って言うんですよ。だったら、しょうがねえ」

千夏は少しだけほっとしたが、次の井沢の言葉に震え上がった。

「ひと月近く前にも、この近所の下駒込で、雷で小屋が燃えちまったことがありましたしねえ。だから汐入で同じようなことが起きても、おかしくねえと言われれば、その通りなんですがね」

井沢は思わせぶりな目付きを、それとわからない程度に千夏に向けた。胃の腑が縮む。

「その汐入の小屋は、村のものなのかね。だったら村の者が手を貸さないと、物を隠すことはできないように思うが」

「いや、そうじゃないんです。空き地になってる土地も小屋も、糸島屋のものなんですよ」

「え、糸島屋さんの？」

順道は、眉を吊り上げた。それから千夏の顔を見た。ここでようやく、千夏が井沢の話に絡んでいるらしいことを察したようだ。

「じゃあその、糸島屋さんが若松屋の抜け荷に関わっていると、奉行所では見ているのかね」

順道は焦ったように聞いた。まかり間違えば、糸島屋を救おうとしていた自分たちにも累が及びかねない、と思ったのだろう。

「さあ、それは」

井沢は幾分わざとらしく見える仕草で、首を捻ってみせた。

「今わかっているのは、茂介が橋場に荷を運んだこと、その近くにあった糸島屋の小屋が落雷で燃えたこと、だけです。それだけでは、如何ともし難いですね」

そうかね、と順道は、千夏にもわかるほどの安堵の表情を見せた。

「常の順序から言えば、糸島屋に話を聞きてえところだが、今言ったように、疑いと言えるほどの疑いじゃねえんでね。そこまでやってる手も暇もねえ有様でして。ま、こんなにこき使われる一件も久しぶりですよ」

井沢は、順道と千夏を交互に見るようにして、笑った。

半刻余りで、井沢は引き上げた。順道は、ほっとしたとばかりに大きな溜息を吐いた。

「千夏、井沢さんは我々に釘を刺しに来たようだね。特にお前に」

順道は渋面で言った。だから言ったろう、もうこれ以上は何もするな。目がそう告げている。だが、千夏の考えは少し違った。

「釘を刺しに来たのは確かでしょうけど……それだけじゃない気がする」

「何だって？」

　順道は何を言い出すんだと千夏を睨んだ。千夏は考えながら言う。

「井沢さんは、若松屋の周りを調べるだけで手一杯だって、しきりに言ってた。それを私たちにわからせたいみたいに」

「どういう意味だね」

　順道は困惑を浮かべる。

「もしかすると井沢さんは、糸島屋さんを助けるために何かしたいのなら、急げと言いたかったんじゃないかしら。井沢さんも糸島屋さんの人柄や評判は良く知ってる。つまり本音では井沢さんも、糸島屋さんは嵌められたのかも、と思ってるのでは」

　そんなまさか、と順道は唖然とした。

十三

「へえ、井沢さんがそんなことを匂わせていったんですか」

千夏の話を聞いて、梨里は目を見張った。

「あのお人も、なかなか策士ですねえ」

「いえ、私がそう思っただけ」

千夏が控え目に言うと、梨里は「千夏さんがそう見たんだから、間違いないでしょう」と笑った。どうも梨里は、汐入の雷がうまく行ったことで前のめりになっている気配だ。

「で、次はどうします」

期待するように千夏の顔を覗き込む。それはまだ思案中なのだが……。

「糸島屋さんが嵌められたんなら、狙われる理由はあるはずよね。でもこの前、関わりのありそうなあちこちのお店で評判を聞いた時は、徳吾郎さんを悪く言う人はいなかった」

あ、そうだと梨里が手を叩いた。

「四日前に徳吾郎さんと話した時は、恨まれる心当たりについて聞きそびれてたわ。汐入の小屋を何とかしなきゃ、って方に気を取られちゃって」

「そうか。それは聞いとかなきゃいけなかった」

早速これから行ってみよう、と千夏は言い出した。

「先生の方は、いいんですか？」

梨里が気を遣ったが、千夏は胸を叩いた。

「井沢さんとのさっきの話で、父上もわかってくれてると思う。とにかく、急がなきゃ」

言うが早いか、千夏はぱたぱたと廊下を表口に向かった。


糸島屋徳吾郎は、四日前に比べると幾分、落ち着いたように見えた。もう腹を括っているのかもしれない。

「先日お話ししました汐入の小屋ですが、三日前に雷が落ちた、と名主さんから知らせがありました」

万兵衛を見に行かせたが、小屋は柱と壁の一部を残して焼け落ちており、中にあった品も燃えるか雨に流されるかで、失われていたという。

「まあ、そうでしたか」

自分の仕業、などとおくびにも出さず、千夏は「それは幸いです」と言った。四日前に、汐入をどうするか手を考えます、と話したばかりなのだ。徳吾郎は、何と返すか言い方に困っている様子だった。

「はあ……確かに幸いでございました。しかし、まさかその……」

あまりに好都合過ぎるので、千夏たちが放火したのかと心配しているに違いない。だが井沢も言った通り、村の幾人もが落雷を見ているのだ。

「お考えはわかりますが、雷を呼び寄せるなど、まさか。私は仙人ではございませんよ」

きっと今までに積まれた徳のため、神仏のご加護を受けられたのです、と怪しい祈禱師《きとうし》みたいな台詞を吐いて、千夏は笑みを浮かべた。

「雷様にも功徳があった、ということでしょう」

梨里も調子を合わせて、そんなことを言った。徳吾郎は明らかに疑っているようだが、「はい、そうかもしれません」とだけ口にした。他に言い様もあるまい。

「ところで、伺いたいのですが」

それ以上、汐入の話はしたくなかったので、千夏は本題に入った。

「先日も申しましたが、私は糸島屋さんは嵌められたに違いないと考えております。

そんなことをされるお心当たりはございませんか」

ああ、はい、と徳吾郎は居住まいを正す。

「それは私も考えてみました。ですが、この店を潰すとか私を罪に落とそうとか、そこまでされるいわれは、とんと」

徳吾郎は困惑顔で答えた。どうやら本当に、心当たりが浮かばないようだ。

「強いて申しますなら、唐物商いであった私が薬種に手を広げたことを、快く思われていない方がおられるかもしれませんが……」

千夏と梨里は顔を見合わせてから、それはなさそうですと告げた。

「大変失礼とは存じましたが、東栄堂さんの他、薬種問屋仲間で力のあるお店に、糸島屋さんのご評判を聞いて参りました。どなたも皆、糸島屋さんのことを、よく気配りをされ商いにも真摯でいらっしゃると、お褒めになっていました」

世辞で嵩上《かさあ》げされてはいるだろうが、少なくとも誹《そし》りの気配はなかった。

「おお、そうでしたか」

徳吾郎の顔に安堵が広がる。そうした評判は、徳吾郎自身、常に気にかけていたのだろう。続けて梨里も言った。

「唐物商の主だった方々、肥前屋さんや浪屋さんなどにも評判をお聞きしました。やはりあの方々も、糸島屋さんを大層持ち上げ……、あ、失礼、お褒めでございました」

「ああ、同業の方々にもお聞きになりましたか」

徳吾郎は目を細めた。

「肥前屋さんや、浪屋さんまでもそれほどに。いや、有難いことでございます」

徳吾郎は涙すら浮かべそうなほど、喜びを露わにした。商人にとって、信用は宝だ。周りの大店からそのように見られていることで、苦労が報われる気がしたのだろう。

だが逆に、糸島屋を嵌めようとする者についての手掛かりは、何も得られなかった。

糸島屋を出た千夏と梨里は、思案投げ首になった。

「徳吾郎さん自身に思い当たることがなければ、どうしようもないわねえ」

千夏はすっかり困って、肩を落とす。一方梨里は、「どうでしょうか」と首を傾げた。

「当人は気付かなくとも、知らない所で恨みを買ってる、ってことはあるんじゃないですか」

それは確かに、あり得ることだった。だが……。

「例えば、どんな」

「えっとですねえ。何か気に入らないことがあって、道の石を蹴飛ばす。それが野良犬に当り、驚いた犬が近くにいた人に噛みつく。それがたまたま橋の上で、噛まれた人がはずみで持っていた荷物を川に落とし、下を通っていた舟の船頭に当り、舟がひっくり返って……」

「あんた、真面目な話する気あるの？」

てへへと梨里は舌を出す。

「無理がありますかねえ」

「だいたい、本人も気が付かないような話じゃ、手繰《たぐ》りようがないでしょ」

そりゃまあ、そうですねと梨里も認めた。

「じゃあ……ちょっと切り口、変えてみますか」

梨里は歩きながら懐に手をやり、懐紙に包んだものを出して広げて見せた。千夏は、おやと眉を上げる。

「これ、硝子の欠片じゃない。もしかして、寺島村の幽霊の映し絵で使われたやつ？　あれ、全部甚左衛門さんのところに置いて来たと思ったけど」

そうですと梨里は答えた。

「一つとっておいたの。何かの証しになるかなと思って」

そんなものを持ち歩いてたのか、と千夏はちょっとだけ呆れる。

「で、違う切り口って、それのこと？」

「ええ。考えてみたら、映し絵のことってあまり気にしてなかったですよね。でも、どこにでもあるってもんじゃないし、誰にでもできるってもんでもないでしょう」

「ああ……それは確かに」

千夏にも梨里が何を考えているのか、見えてきた。廻船問屋と映し絵の結び付きは、ちょっと思い当たらない。映し絵の手配は、若松屋ではなく裏にいる奴が、関わったのかもしれないのだ。

「映し絵を用意した奴を捜そうってのね。でも、それってとうに井沢さんたちがやってるんじゃない？」

「どうでしょう。井沢さん、手が足りないって言ってたんですよね。若松屋の店と取引先に絞って調べてて、寺島村の方はお留守になってるんじゃない？　奉行所の御役人って、あんまり融通が利かないから」

そう言えば井沢も、昨日やっと茂介の線から汐入に辿り着いた、と言ってたっけ。岡っ引きや小者を何十人も使えるはずなのに、千夏たちより七日も遅れている。案外、梨里の言う通りかもしれない。

「それで……」

どうするの、と問いかけると、梨里は道の先を指してから、右に指を動かした。

「見世物と言えば両国。その先の柳原《やなぎわら》通りを右に十町ほどですよね」

なるほど。

見世物小屋や茶店が集まる両国広小路は、江戸きっての盛り場だ。もともと火除け地で、ちゃんとした家を建てるのは禁じられているため、人通りが多いのに広くて平らな空き地は、小屋掛けの催しなどには格好の場所だった。

そろそろ八ツ半（午後三時）になる頃だが、辺りは相変わらずの人波だ。早めに仕事を終えた人たちが、家に帰る前にちょいと羽を伸ばそうと、寄ってきている。千夏と梨里は人混みを縫い、別嬪《べっぴん》と見た若衆が粉を掛けに来るのを避けつつ、映し絵の見世物を探した。

少し奥まったところに、目指すものがあった。なかなか良くできた武者絵の看板からすると、源平合戦を描いたものらしい。千夏たちは、木戸銭を払って入ってみた。

客は三十人ほどいた。暗くした三和土に座っているのは、やはり子供が多い。しばらく待つと、口上が述べられお囃子《はやし》が鳴って、正面の白い布幕に映し絵が現れた。絵はかなり細かく丁寧に描かれたもので、次々と硝子板を差し替えて映し出される武者たちは生き生きとしており、絵師の腕がなかなかのものだとわかった。

映し絵が終わると、千夏たちは裏手に回った。若い者が出て来て、お客はこっちに入っちゃ困ります、と止めたが、絵が素晴らしいので是非、職人さんの話を聞きたい、と梨里が頼み、上目遣いに甘えた声を出すと、忽ちその男は墜ちた。

「入んなせえ。話は頭《かしら》に聞くといい」

筵をめくって指した奥には、道具類と積み重ねられた硝子板に隠れるようにして、五十くらいの胡麻塩頭の男が座り、煙管《キセル》をふかしていた。千夏と梨里が近付くと、訝しげな顔をしたが、二人して如才なく映し絵の出来を褒めると、相好を崩した。

「まあ、狭いとこだが座んなせえ」

男は座頭《ざがしら》の周三《しゅうぞう》と名乗り、筵を掛けた箱を示した。二人はそこへ腰を下ろし、硝子絵の作り方などを聞いて、武者絵の細かい描き方に感心して見せた。

「気に入ってくんなすったかい。まあ自分で言うのもなんだが、ここまでの細工ができるのは、江戸でも俺とあと一人くらいしかいねえ」

そもそも硝子絵の職人って、何人いるんだ、と思ったが、余計なことは言わない。

「実はこの前、幽霊の映し絵を見たんですけどね」

適当な頃合いで、千夏は寺島村で見た映し絵のことを話した。周三は、あまり感心できないという顔をする。

「つまり、細かい細工はなしの黒い影だけで見せてたのかい。なら、描くのにそれほどの腕は要らねえな」

ただ、幽霊の場合は凝った絵柄にするより、単純に影だけにした方が、やり方によっては怖く見える、とも周三は言った。

「はっきり見えるものより得体の知れねえものの方が、薄気味が悪いからな」

どうやら、寺島村で仕事をした者は、適したやり方を心得ていたようだ。

「どこかの御屋敷や大店から、自分のところに来て演《や》ってほしいって、頼まれることはあるんですか」

梨里が聞いた。ああ、あるよと周三はすぐに言った。

「もちろん、それなりのお足は貰うがね」

「道具や硝子板は、全部持って行かないといけないから、結構な手間ですよね」

そりゃあな、と周三は応じる。

「硝子板は揃えるのが大変だし、風呂も、言ってみりゃただの木の箱なんだが、その辺で売ってるってもんでもねえし。一式持ってってたら小屋での興行は休まなきゃなんねえしな」

「江戸にこういう映し絵をやる一座って、幾つあるんですか」

千夏が聞くと、十組ほどだと周三は答えた。千夏は寺島村の甚左衛門の話を思い出しながら、尋ねた。

「二月くらい前から二十日ほど前まで、興行を休んでいた組はありますか」

「うん？　いや、それはねえな。夏場は稼ぎ時だし」

回向院前で演ってる組なんざ、忙しいのに二人ほど急に辞めちまって、往生したってくらいだ、と周三は言った。そこに千夏は引っ掛かった。

「急に辞めたって、どうしたんでしょうね」

「さあな。どっかから金で引き抜かれたように聞いたが、同業の組でそんな仁義を欠くようなことをする奴はいねえはずなんで、変だなとは思ったんだ」

そういや、辞めたのは二月ちょっと前だったらしい、と周三は思い出したように付け加えた。これは当たりかも、と千夏はにんまりする。

「ところでこの硝子板は、どこで仕入れるんですか」

梨里が聞いた。どうやら梨里も、察したらしい。興行を休んだ組がないなら、寺島村で使われた風呂や硝子板などの映し絵の道具一式は、新たに用意したものだ。周三の言うように、どこでも売っているわけではないから、そこから手繰ることができるのではないか。

「うん？　ああ、もちろん硝子を商う店だよ。加賀屋《かがや》さんとかな」

あんたの眼鏡もそうだろう、と周三は千夏の顔を指した。日本橋通《とおり》塩町《しおちょう》の加賀屋は、江戸で初めて硝子作りを始めた店として有名だ。眼鏡に使う硝子も確かに扱っている。だが周三によると、長崎や大坂でも硝子を作っているから、本職の硝子屋以外でも、それを仕入れて売る店はあるだろうとのことだった。

「そういう硝子を扱う店で、若松屋って聞いたことありますか」

「若松屋？　いや、初めて聞くな」

周三はあっさり否定した。やはり、廻船問屋と硝子では無理があるか。

「お嬢さん方、いったい何を調べてなさるんで」

いろいろと変わったことを問いかけたので、周三も不審に思い始めたようだ。千夏は用心深く、実は知り合いが厄介事に巻き込まれていて、と打ち明け、それに映し絵の幽霊が絡んでいることを、幾分ぼかして話した。周三は、厄介事を持ち込まれるのは御免だぜ、と顔を顰めたが、一方で「映し絵を悪さに使う奴は、許せねえな」と憤った。見つけたら、そんな手合いは懲らしめてやる、と言う周三に手厚く礼を言い、皆さんで一杯どうぞと酒手を置いて、千夏たちは両国を離れた。

回向院前の映し絵の小屋は、すぐにわかった。今度は木戸銭を払って中に入るのは飛ばし、いきなり裏手に行った。すぐに駄目だと止められたが、周三の名を出すと相手は態度を変え、奥に通してくれた。

「え？　二月前の引き抜きかい。ああ、まったく義理を欠きやがって、あいつらめ」

座頭は、引き抜いた相手より引き抜かれた二人への腹立ちが強いようだ。

「いったい誰に引き抜かれたんですか」

そこが一番聞きたいのだが、座頭は「わからねえ」とかぶりを振った。

「同業の奴じゃねえってのは承知してる。そんなことすりゃこの商売、続けて行けなくなるからな。けど、高い金払ってあいつらを引き抜く理由が、なあ。よっぽどの物好きのお大尽《だいじん》かとは思うが」

金持ちは平気で酔狂なことをしやがるから、と座頭は吐き捨てた。

「そのお二人、どこに住んでるんですか」

引き抜きが若松屋の仕業なら、もう仕事は済んでいるのだから家にいるだろう。

そう思ったのだが、座頭は渋面になった。

「ずっと音沙汰がねえんで、十日ほど前にうちの組の奴に様子を見に行かせたんだ。手も足りねえし、詫びを入れる気があるなら、事と次第によっちゃもう一度雇ってもいい、と思ったのさ。ところが長屋に行ってみると、ひと月近く前に出て行った、ってぇじゃねえか。家移《やうつ》り先も大家に言わなかったから、どこにいるのか見当もつかねえ」

遅かったか、と千夏は臍《ほぞ》を噬《か》んだ。千夏たちが映し絵を暴いたので、金と脅しで口止めしてどこかに隠れさせたのだ。こうなると広い江戸では、岡っ引きが総がかりになってもなかなか見つかるものではない。

「引き抜きに来たのは、どんな人でしたか」

「うん、年の頃はまあ、四十くらいか。羽織を着てたし、まあそうだな、大店の番頭って風情だったな」

殺された若松屋の番頭らしいな、とは思ったが、今となっては面通しもできない。これ以上聞けることはなさそうだ、と思った千夏は、礼を言って酒手を置き、帰ることにした。

「さあて。次はどうしましょうか」

柳原通りを戻りながら梨里が聞いた。千夏は考えに詰まる。

「他に当たれるものというと……映し絵の道具をどこで手に入れたか、よね」

若松屋が仕入れたわけではあるまい。だったらとうに、井沢たちが調べている。回向院前から引き抜かれた二人が、自分たちで用意したというのが一番ありそうな話だ。だがそうなると、買った店を見つけてもそこで途切れてしまう。

「やっぱりこのやり方、遠回り過ぎる気がするなぁ。糸島屋さんの取引の相手とかに当たった方が、早道だったかも」

梨里が零《こぼ》した。映し絵を手繰るのは、梨里が言い出したことじゃないの、と千夏は苛立って噛みつく。梨里は、そうでしたと頭を掻いた。そこで突然、前を指す。

「あれ、あそこを歩いているのは、糸島屋の万兵衛さんじゃないですか」

そちらに目をやると、確かに糸島屋の番頭、万兵衛の後ろ姿が見えた。方角からすると、店に帰る途中らしい。千夏は足を速めて追いつき、「万兵衛さん」と声を掛けた。

「おお、これは順道先生の……どちらかへお出かけでしたか」

万兵衛は振り返り、千夏の顔を見て足を止めると、商人らしい愛想笑いを作った。

「ええ、ちょっと両国まで行ってました。万兵衛さんは、商いの途中ですか」

「はい、佐久間町《さくまちょう》の方のお店で、商いの話をしてまいりました」

取引先との商談だったようだ。それはどうも、と一礼して歩き出しかけたが、千夏はふと思い止った。徳吾郎には恨まれる心当たりはないとしても、万兵衛の見方はまた違うのではないか。

「万兵衛さん、ちょっとお話、よろしいですか」

千夏は二十間ほど先にある長床几を出している茶店を示した。万兵衛は意外そうな顔をしたが、何か思惑があると感じたのだろう、少しぐらいでしたらと、誘いに応じた。


人前でするような話ではないので、千夏たちは店の奥の板敷きに上がった。襖で囲われているわけではないが、他の客は店の表側にいるから、声は聞こえまい。

「はあ、手前どもの店に恨み、ですか」

さてそれは、と万兵衛は困惑を露わにした。

「旦那様……主人はああいうお方ですから、どなたにも丁寧に接しておられますし、強引な商いは一切いたしません。恨まれる、などということは」

生き馬の目を抜く江戸ですが、だからこそ篤実な商いを心がけておれば、お客様の信を集め、ご贔屓《ひいき》いただけるのです、と万兵衛は言った。まさに正論だ。しかし千夏も、客が糸島屋を害しようとするとは考えていない。

「同業の方からの妬み嫉《そね》み、或いは考えが食い違って、などということは、ありませんでしたか」

「いや、それも思い付く限りは、ございませんが」

万兵衛はやはり否と答えた。だが千夏は、ほんの僅か、躊躇いのようなものがあったことを見逃さなかった。

「番頭さんであれば、徳吾郎さんが見逃している小さなことにも、お気付きではと思うのですが」

千夏は粘ってみた。だがもう、万兵衛は動揺を見せなかった。

「いいえ、手前の知る限りでも、それは」

言ってから万兵衛は、千夏の顔を窺うようにして、逆に聞いた。

「あの、主人が申しておりましたが、同業の方や薬種問屋の方々に、手前どもの評判をお聞きになったとか」

あれ、と千夏は考える。心当たりはないと言っておきながら、何か気になるのだろうか。

「はい。肥前屋さんや浪屋さん、薬種問屋の東栄堂さんなど、五、六軒をお訪ねして聞いてみました。いずれのお店でも、糸島屋さんの評判は頗《すこぶ》る良くて。浪屋さんも東栄堂さんも、徳吾郎さんを大層褒めておいででした。見習いたいとまで」

おお、それはと万兵衛の顔が明るくなった。

「そうですか、浪屋さんまでも。それは大変、有難いことです」

万兵衛は、いかにも嬉しそうに見えた。千夏は、少し妙な感じを抱いた。万兵衛はただ評判の良さを喜んでいるだけでなく、感慨のようなもっと深い何かが、その表情に出た気がしたのだ。

梨里が千夏の顔を見ている。どうやら同じことを感じ取ったようだ。千夏は梨里に、目で合図を送った。斬り込め、と。

「万兵衛さん」

　梨里が膝を乗り出した。

「浪屋さんと、以前に何かあったのですか」

　万兵衛の肩が、ぎくっとしたように揺れた。

「い、いえその、何かというほど大層なことでは」

「やっぱり、あったんですね」

　梨里が迫ると、ふう、と万兵衛はため息をついて肩を落とした。

「実はその、三年ほど前、唐物商仲間の寄合で、手前どもの主人が浪屋さんの商いについて、苦言を呈したことがありまして」

「それは、どんなことだったんですか」

　今度は千夏が問うた。万兵衛は、口にしてしまった以上仕方ない、という様子でだいたいの経緯を話した。

「浪屋さんは、長崎を通して仕入れた飾り物から高価な石を外し、安手の石を組み直して売っていたのです」

「え、高価なものを安物とすり替えて売ったのですか」

それは詐欺ではないですか、と千夏は言った。それが事実なら、浪屋はとうにお縄になっているはずだが。

「いえ、そのまま高価な石ですと騙せば詐欺ですが、一部を取り替えて値も下げる、という形だったのです。外した高価な石は、また他の安い石と組み合わせて別の飾りに仕立てる。全くの安物ではなく、一応高価な石も入っているわけですから、売り込みの仕方でそれなりの値にできます。そうやって、仕入れたそのままで売るより、五割ほども多く儲けられたのです」

千夏は唸った。買い手は高価な石と安価な石が交ざった飾り物、と承知して買うわけだから、詐欺とは言えない。値付けが妥当かどうか、というだけの話だ。だが、長崎からの唐物では他に比べるものがないので、妥当かどうかの判断は難しいだろう。元の高価な石だけの飾りのまま、値だけを吹っ掛ける、という方が手っ取り早いが、高過ぎると客は付かない。工夫をしてお求め易くした、という形が、買い手の気分をくすぐるのだ。それに、あまり高値で売ると、奢侈の禁令で御上からお咎めを受けるかもしれない。

「上手いやり方に聞こえますね」

「はい。でも、本来の価値から言うと、やはり水増しになります。手前どもの主人は、寄合の席で、そのやり方は誠実を欠くのでは、と指摘しましたのです。ご承知のように、真っ直ぐなお方ですから」

浪屋のやり方は、多くの店が苦々しく思っていたようだ。だが、儲かるのは確かなので、どこも模様眺めをしていたらしい。御上から目を付けられないようなら、自分たちもやってみるか、という下心はあったのだろう。しかし徳吾郎が寄合という公の場で正論を持ち出せば、反対するわけにもゆくまい。

「浪屋さんは唐物商仲間の皆から責められる格好になり、商いの仕方を改めるしかなくなりました」

「では、何か処分が出たのですか」

浪屋は今も唐物商仲間に加わっているから、追放されたわけではない。処分があっても、大したものではなかったのだろう。

「いいえ、行いを改めるならそれで良い、ということに。手前どもの主人が、皆様にそのようにお諮《はか》りしました。事を荒立てるつもりはなかったのです」

ただ、と万兵衛は言い添えた。

「浪屋さんは満座の中で恥をかかされた、と一時はお思いになったようで、その時は手前どもを恨まれたやもしれません。ですがその後、浪屋さんは真っ当な商いをされております。今、千夏さんから浪屋さんが手前どものことをお褒めだったと聞き、安堵いたしました」

浪屋が徳吾郎を褒めたということは、三年前のことはすっかり水に流したのだ、と万兵衛は解したらしい。さっきの感慨深げな表情は、心の奥で気になっていたことが解消できた、との嬉しさからだろう。

だが、と千夏は思う。本当に、そうだろうか。

「あの、浪屋さんについてよくご存じの方は」

はい？　と万兵衛は怪訝な顔をする。この上でまだ何か知りたいのか、と言いたげだ。

「そうでございますな。肥前屋さんなら、手前どもよりはよくご承知かと。浪屋さんの先代が小さなお店を始められた時から、お付き合いがあるそうなので」

よし、それなら明日、また肥前屋に行ってみよう。千夏は足止めしたことを詫び、旦那様によろしくと言って万兵衛と別れた。

十四

「ほう、畠中先生のところのお嬢様方ですか。いつもご贔屓いただいております」

手代に取り次いでもらった千夏と梨里は、肥前屋の主人、喜《き》右《え》衛門《もん》と座敷で向き合っていた。顔を見て挨拶をしたことはあるが、買い物はいつも手代相手で、喜右衛門とこうして話すのは初めてである。

「それで本日は、どのようなご用でしょう」

「はい。肥前屋さんは、浪屋さんをよくご存じと伺いましたが」

唐突に浪屋の名が出たので、喜右衛門は驚いたようだ。

「はい、先代が店を出される時、後押しさせていただいたもので」

どうやら故郷の伝手か何かで、小間物の行商から始めて店を出す際、肥前屋の助けを得たらしい。その後、肥前屋の先代の世話で唐物商に転じたのだ、と喜右衛門は言った。

「手前どもの先代は、浪屋さんの先代を大層気に入っていたようでして」

だから随分と手助けしていた、というわけか。

「浪屋さんと、何か取引のお話でも?」

喜右衛門が聞いた。そう思うのは当然だ。だが同業の糸島屋が窮地に、などという話はここではできない。千夏は、浪屋が蘭方薬も商おうとしているようなので、関心を持ったという話をした。これは喜右衛門も耳に挟んでいたらしく、得心した顔になった。

「ふむ、新たにお薬の取り扱いとなれば、お医者として気になさるのはもっともですな」

喜右衛門は、浪屋の主人亮治郎はなかなかのやり手で、いつも新しいことに取り組もうという進取の気性をお持ちです、と言った。

「店を今のように大きくされたのも、亮治郎さんの功績です。商いには抜け目がなく、しっかりと稼いでおられますよ」

喜右衛門は亮治郎を持ち上げたが、どうも当たり障りのない話だけしているような感じだ。褒め言葉の選び方が、千夏はちょっと気になった。「抜け目ない」と「しっかり稼いでいる」か。これが徳吾郎のことなら、「真摯」「篤実」などの言葉が入るだろうに。もしかして、万兵衛の言っていた一件が、根底にあるのか。

「あの、浪屋さんは三年ほど前、唐物商仲間の寄合で何か苦言を呈されたと聞きましたが」

思い切って、言ってみた。喜右衛門の眉が上がった。

「ほう。どこでお聞きになりましたか」

本来、唐物商仲間の中だけの話で、千夏たちの知るようなことではない。喜右衛門が疑いの目付きになるのも、当然だった。

「糸島屋さんの番頭さんからです」

千夏は正直に言った。糸島屋と畠中家が懇意なのは、喜右衛門も知っているだろう。

「ああ、そうでしたか」

喜右衛門の目が光ったような気がした。さすがは酸《す》いも甘いも嚙み分けた大店の主人、千夏の狙いが何か他にあることに、感付いたようだ。しかしそれを質そうともしない辺り、なかなか老獪《ろうかい》だった。

「その通りです。儲けにはなるが、いささか不実な商いをなさいましたので」

喜右衛門は、もう言葉を飾らなかった。

「苦言を呈したのが糸島屋さんだということは、もうご存じですな」

「はい。浪屋さんはその場では不快に思われたようですが、その後、水に流されたとか」

「ほう、水に流した、と」

喜右衛門の言葉には、皮肉っぽい響きがあった。千夏はそれを感じ取った。

「そうではないかも、とお思いですか」

「さあ、それは何とも」

喜右衛門は、曖昧に言葉を濁した。

「ただ、浪屋の亮治郎さんは、あまり淡泊な性分ではないと聞きますので」

「はあ、そうなのですか」

喜右衛門の言い方は随分と遠回しだが、本音はわかった。つまり、亮治郎は執念深い男、と言っているのだ。そんな奴なら、三年前に恥をかかされたことを、簡単には許すまい。彼が徳吾郎について言った褒め言葉の裏には、真逆の思いがあったのではないか。

「いやなに、今はもうそのような、苦言を受ける商いなどはなさっていませんので、ご安心なさいませ。取り扱う薬につきましても、まず信用できるものでございましょう」

　喜右衛門は敢えてか、取り繕うように言った。浪屋の不祥事について、もう話すことはない、との意味だろう。

「新しもの好き、という評判もありましてな。きっと、新しい効能のある蘭方薬の話など聞きましたら、頼まぬうちに真っ先に仕入れてくれることでしょう」

　喜右衛門はそんな風に評した。痘瘡の特効薬、という徳吾郎の追った夢が、千夏の頭に甦った。あれが本物でありさえすれば。

「商いとは別に、ご自身で珍しい物を探しては自分で作ってみたり、などということもされているようです。あわよくば商いにしよう、と考えておられるかは、存じませんが」

　少しばかり冗談めかすように、喜右衛門は言った。それまで黙っていた梨里が、そこに気を引かれたようだ。やや不躾《ぶしつけ》に、「珍しい物とは、例えばどんな」と問いかけた。

「さて、そうですなぁ」

喜右衛門は思い出そうと首を捻る仕草をしてから、言った。

「器用なお人で、万華鏡など作っておられましたな。硝子も商っておられますから、その千夏様がかけておられるような眼鏡を作ろうとして、しくじったとか。幻灯と言うんでしたか映し絵と言うんでしたか、あれの道具を作ってみたり、歯車を組み合わせてからくり人形を作ろうとしたり、実にいろいろと。拝見する分には、なかなかに面白うございますが」

それで充分だった。千夏と梨里は、喜右衛門が訝しむのも構わず、顔を見合わせて頷き合った。


両国の映し絵の座頭、周三を引っ張り出すのはなかなか骨だった。

「ええっ、こっちは暇じゃねえんだぜ。何でそんなことに付き合わなくちゃならねえんだ」

一朱金を見せたが、金がどうこうって話じゃねえと押し返された。ならばと一分金に格上げする。それには少し気が動いたようだが、まだうんとは言わない。業を煮やして、梨里が言った。

「周三さん、映し絵を悪さに使う奴は懲らしめてやる、って言ったじゃない。これはまさしく、そのためなんですよ。江戸っ子でしょ。二言はないですよね」

江戸っ子でしょ、という殺し文句は、効いた。周三は一分金をさっと取って懐に入れると、「で、どこへ行きゃいいんだ」と立ち上がった。


千夏と梨里は周三を伴って、伊勢町へと向かった。目指すは無論、浪屋だ。道々、千夏は周三にやってもらいたいことを、口上まで細かく説明した。

「ふうん。何を喋るかについちゃ、だいたいわかったよ」

立ち止まって浪屋の看板を遠目に見ながら、周三は請け合った。

「あんたらは、ここで待ってるんだな」

「ええ。浪屋の人には見られたくないから」

わかった、と周三は頷いて、「まあ任せろ」と小声で言うと、一人で浪屋に向かって歩き出した。

千夏と梨里は、手前の路地の入口に隠れ、周三の背中を追った。周三は浪屋の前まで行くと、堂々とした足取りで暖簾をくぐった。

「あの様子なら、大丈夫かな」

梨里がニヤリとして言う。

段取りは、こうだった。周三が浪屋に入り、硝子板を扱っていると聞いた、と声を掛ける。手代か誰かが、当然「左様です」と答えるので、自分は映し絵の座頭だが、新しい工夫を考えたい、ついては硝子板も新しいものにしようと探している、この店のものはどんな具合か、と持ちかける。手代は見本を出してくるだろうから、何種類かあるようなら一枚ずつ買ってきて、千夏たちに渡す。

「別に難しい話じゃない。おどおどしてなきゃ、怪しいなんて思わないでしょう」

寧ろ怪しいのは、こんな場所で表通りの様子を窺っている、私たちだろうな、と千夏は内心で苦笑した。

いくらも待たないうちに、周三が通りに出て来た。小脇に包みを抱えている。首尾よく硝子板を買えたらしい。

前を通り過ぎようとする周三を呼び止め、路地に引っ張って紙に包まれた縦横二尺ほどの硝子板を一枚、受け取った。買ったのはこれ一枚だけだという。

「映し絵の話をしたら、それでしたらこれをお試し下さいって、出して来たやつだ。ちょっと良し悪しを調べるふりをして、試しに一枚もらっとく、と言ったら、是非今後ご贔屓に、って頭下げて送り出されたよ。どうってこたァなかったぜ」

「で、どうです。これ、周三さんとこの映し絵に使える？」

「ああ、別に悪くねえようだな。俺のとこで使ってる加賀屋のやつと、そう変わらねえがちょいとだけ安い」

代金は貰った一分から出しといた、と言った後、周三は少し声を低めた。

「映し絵で悪さした奴をお縄にできたら、教えてくれ。どんな奴か知りたい」

わかりました、と千夏は承知した。周三は満足したように頷くと、軽く手を上げ、路地から出て両国の方へ去って行った。

「なかなか気風《きっぷ》のいい人ですねえ」

周三の後ろ姿を見やって、梨里が言った。

「そうね。じゃあ、早速帰ってこれを調べましょ」

千夏は硝子板の包みを大事に抱えると、帰り道を急いだ。

家に帰って部屋に入り、包みを解いた硝子板を、文机に載せる。何の変哲もない、素通しの硝子板だ。撫でてみると、僅かに波打っている。仕上げの良し悪しは、千夏には判別できない。

「はい、これ」

梨里が寺島村で拾った硝子の欠片を差し出した。千夏はそれを浪屋の硝子板の横に置き、目を凝らして比べてみる。

「厚みは、ちょうど同じね」

「ですね。もっと調べるの?」

千夏は顕微鏡を引き寄せ、梨里に手伝ってもらって硝子板を鏡筒の下に置き、仔細に調べた。次に欠片の方を調べる。縦にしたり横にしたり、切り口まで見てみた。しばらくして、千夏は顕微鏡から顔を上げ、「ふう」と額の汗を拭った。梨里が期待の籠もった目で尋ねる。

「どうでした」

「わからん」

梨里は前のめりにずっこけた。

「わからんって、そりゃないでしょ」

「だって、硝子が同一かどうかの見分け方なんて、蘭書を見ても載ってないのよ。顕微鏡を使っても、大きくはっきりと見えるだけで、どこが違うのか同じなのか、さっぱり」

「ああ、もういいです。蘭学も万能じゃないって、よくわかりましたよ」

梨里は額を叩き、硝子の欠片を摘んだ。

「とにかく厚みは一緒なんだから、同じ硝子と言っちゃっていいんじゃないですか」

「うーん、乱暴だけど、少なくとも、全然違うものだってことは言えないわね」

「面倒くさ！　浪屋には映し絵の道具一式と硝子板があるってことがわかったんだし、それで充分でしょ」

梨里に急き立てられた千夏は、不承不承「まあね」と頷いた。

千夏と梨里は、その日のうちに本郷の番屋で、市中見回り中の井沢を摑まえることができた。若松屋の調べにかかり切りとはいえ、定廻り同心は南北両町奉行所に六人ずつしかいない。調べが忙しいからと、見回りを怠るわけにはいかないのだ。

「その顔からすると、何か言いたいことがあるようですな」

井沢は、番屋に入って来た自分を見てすぐに立ち上がった千夏たちに、開口一番言った。

「ええ、そうなんです。是非とも聞いていただきたいことが」

千夏が勢い込むと、井沢は目で、連れている小者と番屋の木戸番に、奥へ引っ込んでろと命じた。二人が奥へ隠れたところで、井沢は上がり框に腰を下ろし、「聞きましょう」と言った。千夏は順を追って話し始めた。

初めは面白がるような様子を見せていた井沢だったが、浪屋と糸島屋の間に因縁があることを聞くと、顔つきが真剣になった。そして映し絵の道具の話までし終えた時には、腕組みして思案を始めていた。

しばし黙考した後、井沢が聞いた。

「あんた方は、浪屋が糸島屋を嵌めようとした、と考えてなさるんで？」

「はい、その通りです」

千夏は、きっぱりと言った。

「そうですか」

井沢は賛同の言葉を口にしなかった。だが、異を唱えることもしなかった。脇に置いていた大小を取り、立ち上がって腰に差し直す。気配を捉えた小者が、奥から出て来た。

井沢は改めて千夏たちを見て、告げた。

「後はこちらでやります。あんた方はこれ以上、何もしないように」

「わかりました」

千夏も梨里も、神妙に頭を下げた。

「それともう一つ。あんた方は糸島屋を助けたくていろいろ動いたんだろうが、そう簡単じゃねえ。あんた方の言うように、浪屋が糸島屋を嵌めようと仕掛けたんだとしても、糸島屋が抜け荷の話に乗った、ってぇことが明るみに出りゃ、ただじゃ済まん。そいつはよくわきまえておいて下さい」

千夏は、冷水を浴びせられたような気がした。その通りだ。嵌められたということがはっきりすれば、死罪はまずなかろう。それでも、追放、闕所は免れまい。やはり糸島屋は、潰れてしまうことになるのだ。何とか軽い罪で済むよう、薬で人助けしようとした、という事情を訴えて、御上のお慈悲を願うしかあるまい。

井沢が出て行った後も、千夏と梨里はぼんやり、番屋に座っていた。

「結局のところ、あたしたちが糸島屋さんを潰しちゃうことになるんですかねえ……」

梨里が呟くように言った。それは一番、考えたくないことだった。

十五

井沢がまた畠中家にやって来たのは、それから五日後だった。

「一昨日、浪屋をお縄にしました」

順道と千夏を前にして、井沢は挨拶もそこそこに告げた。

「おお、そうか。じゃあ、やっぱり……」

順道は千夏をちらっと見てから言った。井沢に話したのとほぼ同じことは、順道にも伝えてある。順道もやはり、糸島屋を救うのは難しそうだと知って、がっかりしていた。

「浪屋が糸島屋を嵌めようとしたのは、間違いないです」

「全部わかったのかね。随分と早いじゃないか」

順道は、素人である千夏の言葉で井沢たち役人が迅速に動いたのが、驚きだったようだ。

「ええ。浪屋はもともと、若松屋の取引先の一つだったんでね。こちらも目は付けていたんです。ただ、浪屋だけ特に怪しいと思う理由は見つかってなかったんで、後回しにしてたんですよ」

だが、千夏から話を聞いたことで、一気に浪屋への疑いが強まった。

「人手を注ぎ込んで急いで調べました。もっと早くに浪屋を疑っておけば良かったと、同心部屋でも悔やんでいるくらいでして」

「じゃあ、証しが出たんですね」

千夏は、安堵して聞いた。さすが、餅は餅屋だ。

「まず、若松屋が首を吊った晩、浪屋の亮治郎も泊りがけで自分の寮に行ってたことがわかりました。ところが、店を出てから寮に着くまで、時がかかり過ぎてた。浪屋の寮も根岸で、若松屋の寮へは四半刻もあれば行き来ができるんです。その道筋を調べたところ、若松屋の寮のある方から浪屋の寮の方へ向かう人影を見た、って者が見つかりましてね。夜で顔は見えなかったが、背格好は亮治郎に似てました」

「浪屋の主人が、若松屋の主人を手にかけた、というのか」

何てことだ、と順道は顔を顰める。

「ええ。となると、ですね。若松屋の遺した遺書ってのは、偽物だ。じゃあ、そこに書かれてた殺された番頭の横流しも、嘘ってことになる。道理で裏帳簿を幾ら調べても、横流しが見つからないわけですよ」

「じゃあ、番頭を殺したのは……」

ここまで言えば、だいたいわかるでしょう、とばかりに井沢は薄い笑みを浮かべた。

「浪屋の周りを洗うと、怪しいのが浮かんできました。下谷の宗次《そうじ》ってぇ、やくざ者に近いような奴です。こいつは前に、浪屋で下働きの人足をやってた。腕っぷしはあるんだが、考えの足りねえ奴でしてね。博打で三両、借金を作って、代貸しに脅されてたんだが、頼るところがなくて、無理を承知で亮治郎に泣きついたんです。

亮治郎は無論断ったが、後から思い付いて、三両と引き換えに番頭殺しをやらせたんです」

「浪屋にとっては、都合のいい奴が現れた、ということか」

順道は嘆かわしいと首を振った。

「そこまで摑んでるということは、その宗次という男もお縄にしたんだね」

「お察しの通りです」

博打場の代貸しが、急に三両を返したのは怪しいと思い、宗次が何か悪いことをやったかも、とつるんでいる岡っ引きの耳に入れておいた。浪屋が疑われ出したことで、その岡っ引きは慌てて井沢に知らせたのだという。

「宗次は、亮治郎に雇われたことをあっさり吐きましたよ。亮治郎も、脇が甘い。ああいう奴には、もう少し金を渡して、江戸を離れるよう言っとかなきゃいけねえ」

井沢は、小馬鹿にするように言った。

「これで、浪屋亮治郎をお縄にすることができました」

「井沢さん、さすがのお手並みです。恐れ入りました」

千夏は、素直に感心した。そこで井沢が「千夏さんのおかげです」と言ってくれるかと思ったが、それはなかった。

「しかし、浪屋はどうしてその二人を殺したのかね」

順道が尋ねた。難しい話ではない、と井沢は言った。

「よくある話です。仲間割れですよ」

浪屋は前から、若松屋が抜け荷で仕入れた唐物を、それと承知で買い付けていた。西国でまた瘡瘡が出始めたという話が江戸に届いた頃、亮治郎は寄合の席で、徳吾郎が瘡瘡の特効薬を探していると漏らしたのを聞いた。そこで亮治郎は、若松屋を巻き込み、瘡瘡の薬を抜け荷で徳吾郎に摑ませることを思い付いたのである。

「ふむ。糸島屋さんが抜け荷の品を買っている、と御上に告げ口するつもりだったんだね」

そうすれば糸島屋は潰れ、寄合で面目を失った恨みを晴らせる、というわけだ。

順道はそう解したが、井沢はそこまで単純ではない、と言った。

「抜け荷が表沙汰になれば、若松屋がまずお縄になる。そうなったら、浪屋自身が抜け荷の品を買っていたこと、若松屋を使って糸島屋を誘い込んだことが全部ばれちまって、元も子もない。亮治郎は徳吾郎に、あんたが抜け荷に関わってることは知ってるぞ、と囁くだけで良かったんです」

亮治郎は徳吾郎を脅し、首根っこを押さえて自分に逆らえないようにする気だったのだ。この先ずっと徳吾郎を言いなりにすることで、鬱憤を晴らそうとしたのである。

「まあ、そんな酷いことを考えていたんですか」

千夏は呆れ返った。考えようによっては、店を潰すより性質《たち》が悪い。亮治郎という男の性根は、相当歪んでいるようだ。だからこそ三年前の寄合のことを、未だに根に持っていたのだろう。

「ところがです。若松屋の番頭は一度は亮治郎の話に乗ったものの、糸島屋から何か漏れれば、真っ先に危ないのは自分たちだと気付いた。そこで番頭は、別の話を持ちかけた。自分は若松屋を乗っ取るつもりなので、手を貸せ。うまく立ち回って糸島屋を潰し、糸島屋が持つ長崎会所の籍を浪屋が引き継ぐように持って行け。そうすれば、自分たちはこの先、大儲けできる、ってね」

抜け荷のことさえ表に出なければ、確かにそれが一番大きく稼げる。だが、それをやると一番の危険を引き受けるのは、浪屋になる。長崎会所から疑いを持たれれば、藪蛇《やぶへび》だ。亮治郎は断ろうとしたが、番頭は嫌なら全部密告して自分は逃げると脅した。そこで亮治郎は、番頭を始末するしかないと思ったのである。

「ところが若松屋の主人が、番頭殺しは亮治郎がやらせたと気付いちまった。殺しのせいで、若松屋の周りを俺たち役人が調べ始めたので、このままでは早晩、抜け荷もばれると若松屋は恐れたんです。実際、そうなるところでしたからね」

それもこれも、亮治郎が下手なことをしたからだ。怒った若松屋は、亮治郎に詰め寄った。

「こうなったのはお前のせいだから、長崎へ逃げる手配りをして金も寄越せ、とね。亮治郎は切羽詰まり、自死に見せかけて番頭殺しの罪を着せ、若松屋を始末することにして、そっちの寮で会おうと言って呼び出したんです」

昨日一日かけて、亮治郎にこれだけ吐かせましたよ、と井沢は、幾分得意げに言った。

「あの手の奴は、万事したたかなやくざ連中とは違いますからね。一度崩れると、後は一気でした」

うーむ、そうかと順道は得心顔になった。

「全部聞いてみると、随分手の込んだ企みだったんだな」

「手の込んだ企みほど、綻びが出易いんですよ」

井沢は心得たように言った。

「それで……糸島屋さんはどうなるんですか」

千夏は最も心配していることを尋ねた。今のところ、徳吾郎がお縄になったとは聞いていないが。

「それなんですがね。ずっと気になってたんだが、先生もお嬢さんも、どうしてそれほど糸島屋のことを気にかけるんです。ただ、安く薬を売ってくれるからっていう、それだけですか」

千夏は、はっとして順道を窺った。順道は少し迷ったようだが、隠すことでもない、と決めたようだ。

「十年余りも前の話だが」

順道は一呼吸置いて、語った。

「私の父は、心の臓を患っていてな。私が診ても、そう長くないと思った。発作を起こせば、終わりだろうと」

そこへ、薬に商いを広げたばかりの徳吾郎が来て、ちょうど心の臓に良いという薬を買い付けてみたので、と言い、お試し下さいと置いていったのだ。

「ジギタリス、というものだ。あの頃はまだ、手に入れるのが難しくてな」

徳吾郎は、あまり知識もないまま、利のことはよく考えずに買ってみたらしい。あくまで試しに、ということで、金も取らなかった。幾らで買い付けたものだったのかは、わからないままだ。

「だがそのおかげで、父は五年も永らえることになった。おかげで私は、父からさらに多くを学べたよ」

順道の父、つまり千夏の祖父は宇田川玄真《うだがわげんしん》らとも親交のあった蘭方医であった。跡を継いだ順道には、教えられることは教えたと満足して逝った。それは徳吾郎のおかげでもある、と畠中家では思っているのだ。

「恩人、というわけでしたか。なるほど」

合点が行ったらしく、井沢はそれ以上聞かなかった。

「しかし、抜け荷に関わったとはっきりした場合は、お咎めは免れませんよ」

この前にも言いましたよね、と井沢は千夏に顔を向ける。千夏は「はい」と俯くしかなかった。

「浪屋は、痘瘡の薬が手に入るが抜け荷の品だ、とはっきり糸島屋さんに告げた、と言っているのかね」

「ええ。ですが奴は獄門間違いなしなんで、無理心中じゃねえが、糸島屋を道連れにしようと嘘を言ってるかもしれねえ。もう少し証しを固めるつもりです」

そこで、実はと井沢は千夏を横目で見つつ、言った。

「汐入の糸島屋が持ってた小屋の焼け跡を、根こそぎにして調べてみたんですがね。焦げた木の板の何枚かに、ほんの少しだが粉みてえなものがこびりついてたんですよ。焼け残りですね。ちっと焦げてたが、白っぽい粉だったようです」

うわあ、と千夏は頭を抱えたくなった。あの偽薬、消しきれなかったか。

「それが何なのか、調べたのか」

事情をよくわかっていない順道が聞いた。それがですね、と井沢は言う。

「どうも、小麦粉みたいなんですよ。何でそんなものが、とは思うんですがねえ」

ふうむ、と順道は首を捻る。

「糸島屋さんは、小麦粉なんか扱っていないが」

言ってから順道は、すぐに気付いたようだ。

「もしかして、それが糸島屋さんの掴まされた偽薬なのか」

どうでしょうねえ、と井沢も首を傾げて見せた。

「そいつを隠すために小屋を燃やしたんじゃねえか、とも考えたんですが」

え、と順道は眉根を寄せる。

「しかしこの前、小屋は雷が落ちて燃えた、と言ってなかったかね」

「その通りです。現に、その場を見た者が何人もいるわけで」

「だったら付け火ってことはあるまい」

まさか誰かが雷を引っ張り込んだ、なんて言わないだろうね、と順道は笑った。

千夏は顔が引きつりそうになる。

「いや、さすがにそれは」

井沢も笑った。

「雷を使って付け火した、なんて言ったら上の連中から、お前の頭は大丈夫かと馬鹿にされるに決まってる。そんな話を出すわけがないでしょう」

順道は「それはそうだ」と言ったが、井沢は笑いながら千夏の方を向いた。どうも目は笑っていないようで、視線が痛い。井沢はやはり、千夏の仕業と看破しているのだ。だが手段がわからない以上、それを証明することはできないし、しようとも思っていないだろう。この前、梨里が言った雷の功徳、という言葉が頭に浮かんだ。

「しかし小麦粉の残りかすでは、抜け荷の証しにはなるまいね」

「おっしゃる通りです。しかもまだ、おかしなことがありますので」

はて、と千夏は井沢を見返した。まだ他に、何かあるというのか。

「浪屋が若松屋を引き込んだのは、四月前なんです。だがそれからじゃ、唐船などに頼んで偽薬を手配するには、遅過ぎる。二月前には、寺島村に運び込まれてるんですからね」

ふむ、言われてみれば確かに、と千夏も思った。唐船と海で会合するにしても、越中や加賀の湊で受け取るにしても、段取りを決めてから船が清国と往復する日数と、荷を受け取って江戸に運ぶ日数を考えれば、二月というのはあまりに短い。

「それに、です。これまでに、若松屋が動かした舟の船頭や水夫を片っ端から調べたんですが、この四月の間に限って言えば、どの舟も抜け荷の品を運んでいないし、海で清国や阿蘭陀などの異国船に出会ったこともないって話でして」

「口裏を合わせてるんじゃないのかい」

「いや、船頭だけならともかく、水夫全部の口を閉じさせておくのは、なかなかできねえ。抜け荷で重罪になるのは企んで儲けた奴で、運んだだけの下っ端は大した罪にはなりませんから。こっちもそれを承知で脅したりすかしたりしたんですが、何も出ませんでした」

「では、越中辺りの湊から、陸路かな」

「それももちろん調べましたがね。若松屋の荷が江戸に入った様子はないんですよ」

「それじゃ、どういうことなんだ」

順道が困惑顔を見せると、だから困ってるんですよ、と井沢は苦笑した。だが千夏は、井沢の苦笑の奥にある何かに気付いた。困っている、という割には、悩みらしきものが見えない。井沢は、何か思うところがあるのでは。

千夏は懸命に考えを巡らせた。偽薬の中身。浪屋の考え。若松屋の思惑。そして、形跡が見つからない抜け荷……。

「あ」

千夏は声を漏らした。そしてすぐ、井沢に問う。

「井沢さん、若松屋の表帳簿は、奉行所にあるんですね」

「ええ、ありますよ」

「それは、もう全部調べたんですか」

「いや、裏帳簿の調べを先にやったんで、表の方は今やっているところです」

「だったら……」

言いかけるところを、井沢が止めた。訳知り顔に笑みが浮かんでいる。

「千夏さんも、俺と同じことを考えたようですな」

十六

それからさらに三日後。千夏は井沢と共に、糸島屋を訪れた。井沢は御役目なのだから、千夏が同道する謂《いわ》れはないのだが、井沢が糸島屋に行くと聞き、どうしても一緒にと無理を言ったのである。渋っていた井沢だが、最後は根負けした。それに、ここに至るまでの間、千夏の働きも役に立った、という事情もある。

奥座敷で二人を迎えた徳吾郎は、神妙な面持ちだった。千夏が一緒なのには少なからず驚いたようだが、それでも徳吾郎は態度を崩さず、丁重に両手を畳についた。

「このたびは、誠にご苦労様でございます」

うむ、と井沢は鷹揚《おうよう》に頷く。

「今日来たのは、浪屋と若松屋の一件についてだ」

井沢が切り出すと、徳吾郎は再び、頭を垂れた。

「はい。覚悟はできております」

徳吾郎は両手を揃え、差し出そうとした。

「あ、いえ、そうではなく」

千夏が急いで言った。徳吾郎は、両手を出したままでぽかんとする。

「そうではなく、とは……」

「いやなに、まずはこっちの話を聞いてもらおう」

井沢が言ったので、徳吾郎は釈然としない様子だったが、手を引っ込めて膝の上に置いた。

「あの……どういうことでございましょう」

うむ、と井沢が咳払いする。

「浪屋がお縄になったのは、もう聞いているな」

「はい、承知しております」

だから次は自分の番、と徳吾郎は憔悴しながら待っていたのだろう。

「浪屋は、お前への恨みから痘瘡のいい薬があると騙し、抜け荷に加担させようとした。お前はそれに乗ってしまった。そうだな」

「左様でございます」

徳吾郎は、言い訳しようともしなかった。

「薬が紛《まが》い物《もの》だったことは、承知しているか」

「はい。そちらの千夏様に調べて頂きましたので」

「それを仕入れ、お前に渡したのは若松屋に相違ないか」

「はい、相違ございません。若松屋さんの番頭さんから話があり、段取りを相談いたしました。その後、番頭さんから浪屋さんの口利きで仕入れた荷が届いた、との知らせを受けました。寺島村にある、潰れた大店が持っていた寮を人に知られないように買い取り、そこを隠し場所にする、とも」

あの寮は、今回だけでなく、抜け荷の品の隠し蔵としてずっと使っていたものだ。若松屋は、そこに入れておけば誰も気付きはしないと高を括っていたようだが、亮治郎はそれでは安心できなかった。若松屋を説得して、自分が道楽で作った映し絵の道具を使い、幽霊を見せて村人が寄り付かないようにしたのである。そこまでする辺り、執念深い亮治郎の性分が現れているようだった。使われた道具は浪屋の蔵で見つかったが、残念ながら回向院前の小屋から亮治郎が引き抜いて映し絵をやらせた二人は、どこかに消えたままだ。しかし、二度とこの仕事はできまい。

一方、茂介を使って荷を運んだ連中は、既に捕らえられていた。若松屋が水夫や人足との間で悶着が起きた時に使っている、強面だった。やはりと言うか、今度の企みの中身については、ほとんど知らなかった。ただ言われた仕事をしただけで、抜け荷の下働きなどとは考えもしなかった、と言っているそうだ。何度も荷運びはやっているはずだから、全く何も知らないということはないだろうが、茂介を匕首で脅した罪を加えても、せいぜい百叩きだろう。

「幽霊騒ぎの後は、お前が持っている汐入の小屋を使ったのだな」

「左様です。生憎、雷で焼けてしまいましたが」

「うむ。そのために中にあったものは、燃えたり雨で流れたりで失われた。これは運が良かったと思うか」

井沢がまた、揶揄するように千夏を横目で見た。千夏は身じろぎする。

「運が良かったなどと……。全ては天の思し召しと思うしかございません」

徳吾郎は、どこか達観したように言った。

「そうか。その小屋の焼け跡で、ごく僅かだが小麦粉が見つかった。あの偽薬だが、この千夏によると、小麦粉、トウモロコシ粉に、ウコンと地黄をすり潰して混ぜ合わせたもの、ということだったな」

「はい。薬としての効能は、ほとんどございません。まして、疱瘡には何の役にも立ちません。しかしそのようなもので騙されたとはいえ、抜け荷の品である以上は……」

「ふむ、抜け荷、なあ」

井沢は顎を撫で、思わせぶりに徳吾郎を見た。

「お前は、あれが本当に抜け荷の品だったと思っているのか」

徳吾郎は、絶句して井沢を見返した。

「は……それはどういう……」

ここで千夏が口を出した。

「糸島屋さん、考えてもみて下さい。小麦粉、トウモロコシ粉、ウコン、地黄。これ、みんな江戸の町で普通に手に入るものです。これを抜け荷する必要など、どこにあるでしょう」

徳吾郎は、鳩が豆鉄砲を食ったような顔をした。意味を解しかねたようだ。それでもすぐに千夏の言いたいことに気付き、目を大きく見開いた。

「では……では……抜け荷は嘘だったと」

そうだ、と井沢が言った。

「若松屋の帳簿を調べた。すると、三月余り前に、小麦粉とトウモロコシ粉を合わせて十貫に、ウコンと地黄を一貫ずつ、買ったことがちゃんと書かれていた。いっぺんに、ではなく、何日かずらせて違う店から買っているが、廻船問屋でそんなものを使うのは、どうにもおかしいだろう」

　だが、買ってはいけない品では、もちろんない。だから若松屋の番頭も、特に目を付けて調べに来ない限り、咎めだてされることはないと考え、そのまま載せていたのだ。寧ろ載せるなと言った方が、手代らに不審がられただろう。

「若松屋はねえ、普通に買った小麦粉やら何やらを混ぜ合わせ、薬みたいなものを作っただけなんですよ。それをいかにも抜け荷の品らしく、大袈裟に荷造りして、隠し蔵に入れることまでやったんです。幽霊騒ぎがばれた後、慌てて汐入に移したのは、抜け荷の発覚というより、抜け荷の品でないことを知られるのを恐れたんでしょうね」

　何ともおかしな話ですよね、と千夏は言った。

「あの……それも浪屋さんの考えだったんですか」

　まだ半ば唖然としている徳吾郎が聞いた。それは、と井沢が言う。

「どうも若松屋の考えらしいな。若松屋としちゃ、自分の抜け荷商売が浪屋なんぞに利用された揚句、そのために俺たち役人に悟られたりしたら、目も当てられねえ。いずれにしても抜け荷には大層な手間がかかる。この件だけのために異国の船を使うなんざ、無駄ってもんだ」

若松屋は、手間も危険も大きく減らせる手を、すぐに思い付いたのだ。亮治郎としては、徳吾郎を騙せさえすればいいのだから、一向に構わなかったわけだ。

「若松屋も、こんな楽な仕事で千両稼げればぼろ儲けだ、と目が曇っちまったんだろう。ところが改めて考えて、思ったより危ない橋を渡らされていると気付いた番頭と、浪屋が諍《いさか》いになっちまった。そのごたごたで、お前から千両受け取る段取りが狂った。番頭殺しの調べが入っている最中に、今まで大した額の取引がなかった糸島屋から千両も入って来たら、どう隠したって俺たちの目を引いちまうからな」

このことについちゃ、お前は運が良かった、ってぇことになるかな、と井沢は皮肉っぽい笑みを見せた。

「とにかく、だ。浪屋の狙いは、抜け荷に関わったとお前に信じさせることにあった。そいつはほとんど、うまく行きかけてたようだな」

ははっ、と徳吾郎はひれ伏した。

「誠に申し訳ございません。この上は、いかようなお裁きでも……」

その様子を見て、千夏は急いで言った。

「だから、お縄にしに来たんじゃないって、最初に言ったじゃないですか」

「は？」

徳吾郎は顔を上げたが、まだよくわかっていないようだ。勘の鈍い奴だな、とばかりに井沢が軽く嘆息した。いや、鈍いのではなく、徳吾郎の生真面目さの表れだろう、と千夏は思った。

「いいか、お前は抜け荷だと思ってたかもしれねえが、実際は抜け荷じゃなかったんだぞ」

「はい……」

徳吾郎はまだ目を瞬いている。井沢は舌打ちした。

「例えばの話だ。真っ当な品だと信じて盗品を買ったとする。その客は、罪になるか」

「は……いえ、ならないと思いますが」

徳吾郎の顔に赤みが戻ってきた。どうやら、井沢の言いたいことがわかりかけたようだ。

「そうだ。細かく言やあ、その客が盗品だと知ることは無理だった、ってぇ証しが要るんだが、まあ今それはどうでもいい。じゃあ逆に、盗品だと承知で敢えて買った品が、実は盗品じゃあなかった、ってぇ場合は」

「それは……」

徳吾郎は、唾をごくりと飲み込んだ。

「や、やはり罪にはならないかと」

井沢はニヤリとする。

「そうだ。買った品が真っ当なものである以上、買主が何を考えて買ったかなんてぇのは、俺たちの知ったこっちゃねえ」

おお、と徳吾郎は目を見張った。

「それでは……」

「ああ。この一件みてえな、抜け荷を装って騙すなんて話は、今まで聞いたことがねえ。前例がねえ以上、どうするかって吟味方与力様とも相談したんだ。で、その結果が、今言った喩《たと》えと同じだろう、ってこった」

千夏は勝之進の顔を思い浮かべる。その父は、なかなかにさばけたお人のようだ。

勝之進については、便利遣いするばかりで悪かったが……。

「だからお前さんについちゃ、まんまと詐欺に遭うところだった間抜け、ってことになっちまうが、それだけだ。しかし、大店の主として、その脇の甘さには責めを負うべきだ」

はっ、と徳吾郎の顔に緊張が走る。その顔に向かい、井沢は居住まいを正してから告げた。

「よって、ここに御奉行の名において、きつく叱りおく」

「ははっ、手前の不徳の致すところ。向後厳しく身を処し、正直な商いに励んでまいります」

うむ、それで良し、と井沢は肩の力を抜いた。

「これでこの一件は、終わりだ」

徳吾郎の体からも、力が抜けた。その顔がくしゃくしゃになり、ぱっと畳に伏した。

「あ、ありがとうございます。誠に寛大なお言葉、幾重にも御礼申し上げます」

「礼なら、この千夏さんに言うんだな」

井沢は顎で千夏を示した。徳吾郎は改めて千夏の方を向くと、仏でも拝むかのように額を畳に擦りつけた。

「千夏様を始め、順道先生や他の皆様方には、本当にお世話になりまして、御礼の申し様もございません」

「いえ、それはいいんです。これからも、人助けになる薬を安く回して下されば」

無論、心得ておりますと徳吾郎は請け合った。

「ますます精進させていただきます」

「それと、薬についてはもう少し勉強なすって下さい」

申し訳ございません、と徳吾郎は真っ赤になった。

千夏から話を聞いた順道は、心からほっとした様子だった。

「そうか。糸島屋さんは、罪に問われなかったか」

「ええ、助かりましたよ。これで糸島屋さんからの安い薬も、途切れずに済みそうです」

千夏も肩の荷が下りた安堵感で、笑みを浮かべる。

「これで、親父殿の受けた恩義も少しは返せたかな」

順道は感慨深げに言った。その背中を、千夏が叩く。

「よく言いますね。途中までは、抜け荷に巻き込まれるかとすっかり腰が引けてたくせに」

順道は慌てて、ごほんと咳払いした。

「それはだな、お前に禍いが及ぶんじゃないかと心配で」

「はいはい、私は危なっかしい娘ですからね」

聞いていた耕太郎と梨里が笑った。その通り、とでも言うように。

「しかしこのことが知れると、糸島屋さんは長崎会所や唐物商仲間の間で、信用を下げてしまうんでは」

耕太郎が急に思い付いた様子で、言った。

「罪にはならなくても、抜け荷の品だとわかった上で薬を買おうとした、というのは、世間の目からするとやっぱりまずいんじゃないですかね」

そこは大丈夫、と千夏は微笑む。

「井沢さんの方で、徳吾郎さんが抜け荷を知ってた云々《うんぬん》は、表に出さないよう配慮してくれるって。詐欺に遭った、ということだけは知られちゃうけど、まあそれは仕方ないわね」

「へえ、井沢さんも融通が利かないように見えるけど、そうでもないんですね」

梨里は、少し見直した、という様子だ。

「徳吾郎さんはああいうお人だから、すぐ信用を取り戻すだろう」

順道は楽観しているようだ。

「浪屋は獄門のうえ、闕所でしょうね。若松屋はどうなりますか」

耕太郎が聞いた。

「井沢さんが言うには、今は主人もいないし、闕所は間違いないわけだけど、抜け荷自体は主人とあの番頭だけで切り回してたみたいでね。他の番頭手代は、知らされていなかったのよ。二人が死んだ以上、裏帳簿なんかの書付だけで調べるしかないし、これ以上縄付きは出ないんじゃないかな」

恐らく、残った番頭手代が集まって、屋号を変えた新しい店を立ち上げるのではないか。それなら商いも変わり、前よりましなものになるだろう、と千夏は思っている。

「まあ、これでどうやら丸く収まった。今夜は祝杯といこうか」

酒好きの順道は、そんなことを言い出した。今日は千夏も、否やはない。丸木屋さんにいいお酒を持って来てもらいましょう、と手を叩いた。

転んで腕を折った、という男が来たので、順道と耕太郎は診療部屋に入った。千夏も、自分の部屋へ戻る。すると、梨里が後を追うようにして入って来た。どうも何か言いたそうだ。なあに、と振り向くと、梨里は幾分躊躇いがちに聞いた。

「あのう千夏さん、もう一ぺん確かめるけど、糸島屋さんが摑まされた偽薬、中身は全部江戸で買ったわけで、変なものは何も入ってなかったんですよね」

今さら何を、と思ったが、千夏はそうよと答える。

「小麦粉、トウモロコシ粉、ウコン、地黄。他にはないわ」

「だったらその、あたし、考えたんだけど」

梨里はもじもじと頰を掻いた。

「あの汐入の小屋、別に燃やさなくても良かったんじゃない？　そのままお役人に見つけさせた方が、話は早かったんじゃ」

わあ、と千夏は顔を覆いそうになった。

「それは言わないで！」

だって、とんだ勇み足だったのは、自分が一番よくわかってるから。

順道の、次の蘭学講義の日が巡ってきた。いつも通りの若者たちが、顔を揃える。千夏も時々一緒に入ることがあったが、このところは控えていた。田上勝之進と顔を合わせるのが、何となく憚《はばか》られたからだ。勝手に利用しておいて薄情な話だが、ちょっとほとぼりを冷《さ》まそうか、というつもりだった。

ところが、講義が終わった時、梨里があたふたと千夏の部屋にやって来た。その顔には、何故か心配する表情と面白がる表情が、入り混じっている。いったい何だろう。

「どうかしたの」

「ええ、その、勝之進さんが話があるって」

何だか真剣なというか、深刻なというか、そんな顔してますよ、と梨里は言った。

「げっ」

千夏は逃げ出したくなった。だが、会わないわけにもゆくまい。

勝之進は、診療の待合などに使う座敷で一人、待っていた。千夏が入って行くと、勝之進は顔を上げたが、なるほど梨里が言った通りの表情だ。これはやばいかも、と千夏はびくつきながら座った。

「あ、あの、勝之進様、この前はありがとうございました」

勝之進が何か言う前に、まず礼を述べた。できればこのまま機先を制して喋り続けたい。

「そ、そう言えばお尋ねした若松屋の一件、落着したそうですね。良うございました」

そこまで話したが、後が続かない。困った、と思ったら、勝之進の方が口を開いた。

「ええと、千夏さん。今日は千夏さんに折り入って、お話が」

言うなり勝之進の顔が、真っ赤になった。千夏は、ぎょっとする。ついに来たか！　だが、いきなりというのはどうだ。それなりの順序は。いや、前もってこっちの考えを確かめようという肚《はら》か。だとすると、どうやって逃げよう……。

「実はその、昨日、父から縁談を告げられました」

「は？　縁談ですか」

思わず鸚鵡《おうむ》返《がえ》しに言った。はて、これは……。

「相手は、年番方与力のご息女で、お顔は存じておるのですが……ただ、その……私は千夏さ……」

「まあーっ、それは誠に、おめでとうございます！」

千夏は思わず手を叩き、叫ぶが如くに言った。隙を与えるな。ここで相手に、余計な一言を言わせてはいけない。

「年番方与力と言えば、御奉行所の与力の方々の中でも、上席のお方でしょう。良いご縁ではありませんか」

年番方は、奉行所の仕事全般に目を配り、同心の任免についても取り仕切っている。最も重い与力職と言って、間違いはない。吟味方与力を継ぐであろう勝之進にとっては、確かに良縁だ。父君は、この話をまとめるのにだいぶ奔走したのだろう。

「は、それは確かに、ですが……」

「御父上も随分とお骨折りなすったのでしょうね。勝之進様がそのようなご縁に恵まれて、私も大変嬉しく存じます」

畳みかけるように祝いを述べてやる。「残念ですがあなたを諦めます、どうかお幸せに」と千夏が思っている、なんて誤解されることが断じてないよう、満面の笑みを崩さない。

「は……はあ。ありがとうございます」

勝之進は気圧《けお》されたように、実は言いたかったであろう言葉をしまい込んだ。少なくとも千夏には、そう見えた。

「改めまして、お祝いをさせていただきます。本当に、良うございました」

「ええ……恐れ入ります。先生にも、よろしくお伝えのほどを」

勝之進はそこで一礼し、おとなしく帰って行った。後ろ髪を引かれるような顔つきだったのは、少し気の毒な気もしたが。

勝之進の姿が消えると、梨里が後ろに来て肩を叩いた。

「どうやら、何事もなくお帰りになったようですね」

襖の向こうで聞き耳を立てていたらしい。ニヤニヤ笑っている。ほんとに、人が悪いんだから。

「ああもう、一時はどうなるかと思ったわ」

「でも年番方与力のお嬢様なら、しがない蘭方医の娘より、よっぽどいい縁談じゃないですか」

「ひっぱたくよ、もう」

千夏が睨みつけると、梨里は大袈裟に肩を竦めて舌を出した。


数日後、徳吾郎がやって来た。立派な角樽を持参している。全て落ち着いたので、改めて御礼に伺った、ということだ。

「いやあ、本当に大変でしたな。今、商いの方は如何かな」

順道が愛想よく言うと、おかげさまでと徳吾郎は頭を下げた。

「どうにか、常の通りに。これも先生や宮口先生、何より千夏様と梨里様のおかげでございます」

順道は苦笑気味に千夏の方を見た。

「だいたいのところは聞いているが、勝手なことをやって騒がせただけじゃないかね」

とんでもない、と徳吾郎は飛び上がる。

「千夏様のご洞察のおかげで、どれほど助かりましたことか。本当に有難く存じております」

「ならばいいんだが」

順道は半分以上世辞だと解したようだ。まあ、そう思っていてくれればいい。

「唐物商仲間の方では、如何でしたか」

千夏は気になっていることを聞いた。抜け荷云々が漏れ伝わっていないか、心配だったのだ。だが徳吾郎は、大丈夫ですと言った。

「詐欺に遭いかけたということで、お慰めいただいたくらいです。ただ、薬種商仲間の方々からは、もっと薬を見極める目を持たないと駄目だと叱られました」

千夏様に苦言を頂いた通りです、と徳吾郎は恐縮気味に言った。苦言と聞いて順道は、また余計な事でも言ったのかと千夏を見た。千夏は知らん顔をしておく。

「それで今日は、お願いがございまして」

徳吾郎は急に居住まいを正した。

「順道先生は、蘭学や蘭方薬、医術について、若い方々にお教えになっているとか。手前もそれに、加えて頂くわけには参りませんでしょうか」

えっ、と順道と千夏は驚きの声を漏らした。徳吾郎は、順道の教えを受けている者たちからすると、ひと回り以上は年上だ。というより、彼らの父親の年に近い。

「商いで忙しかろうに、構わんのですか」

順道が聞くと徳吾郎は、いえいえとかぶりを振った。

「手前どものような商いを広げるには、新しいことについて常に学ぶのが大事と知りました。算盤《そろばん》に長《た》けていることも大事ですが、それだけでは駄目だと」

今度のことで、徳吾郎は身に染みたようだ。畠中家に通う若い者の中には、大店の倅もいる。大店の主が一念発起して学びを始めれば、生き方の手本になるかもしれない。

「そうですか。お心はよくわかった。ささやかだが五日ごとにやってるので、都合のよろしい時にいらっしゃい。歓迎しますぞ」

「ありがとうございます。是非ともよろしくお願い申し上げます」

徳吾郎は喜びも露わに、両手をついた。

「そう言えば疱瘡の方だが、今回はあまり広がらずに済みそうですね」

千夏が言った。疱瘡は品川で出たものの、その後江戸市中に蔓延するところまでは行かなかった。品川での早めの対処が良かったらしい。

「はい、手前も安心いたしました」

徳吾郎も笑みを見せた。まさにその疱瘡を何とかしたい、という思いが今回の一件の発端であったのだから、いろいろと思うところはあるだろう。

「しかし、次がいつあるかわからん。やはり種痘を江戸で行うのが、何よりだ」

「はい、おっしゃる通りです」

徳吾郎が表情を引き締めた。

「手前は薬に頼ろうとして、しくじりました。ですので、これからは種痘を広めるため、あちこちに働きかけ、ご支援などさせていただこうと考えております」

「うむ、それこそ有難い。そういう方がこの江戸に増えてくれるのが、何よりです」

順道は、徳吾郎の言葉を喜んで受け止めた。

徳吾郎が帰った後、部屋に戻りかけた千夏は、耕太郎に呼び止められた。

「千夏さん、糸島屋さんの話の感じからすると、私の知らないこともいろいろやってこられたみたいですね」

「え、いやいや、そんなことないよ」

千夏は空とぼける。耕太郎は大きな溜息をついた。

「心配なんですよ、私は。千夏さんの性分は承知してますから。気持ちが前にのめって、危ないことも平気でやらかすでしょう。下駒込の小屋のことだって、私が気付いてないとでも思ってるんですか」

ぎくっとしたが、そこは顔に出さない。

「はあ、何のことかしら」

「とぼけてもいいですが、怪我でもしたらどうするんです。私は千夏さんのことを、本当に……」

そこまで言いかけて、耕太郎は何故か口をつぐんだ。顔を見ると、変に赤くなっている。

「何、どうしたの」

「いや、何でもないです」

耕太郎は慌てたように咳払いした。

「とにかく心配しないで。私はそんな馬鹿じゃないから」

千夏は胸を叩いたが、耕太郎は情けなさそうに眉を下げた。後ろの方では梨里が、二人を交互に見ながら、何故だかひどく可笑しそうに笑っている。

この作品は書き下ろしです。

幻冬舎文庫

●好評既刊
江戸美人捕物帳
入舟長屋のおみわ　ふたつの星
山本巧次

深川の長屋を仕切るお美羽は器量はいいが、気が強すぎて婚期なのに独り身。ある朝、長屋に住む大工が普請した芝居小屋の席が崩れる。跳ね返り娘が躍動する大傑作時代ミステリー！

●好評既刊
江戸美人捕物帳
入舟長屋のおみわ　紅葉の家
山本巧次

長屋を仕切るお美羽が家主から依頼を受けた。隠居のために買った家をより高い額を払ってまで手にしたがる商人がいて、その理由を探ってほしいという——跳ね返り娘が突っ走る時代ミステリー。

●好評既刊
江戸美人捕物帳
入舟長屋のおみわ　隣人の影
山本巧次

焼物商を介し、お美羽の長屋に畳職人が住み始めた。職を偽っているとの噂があり、お美羽が調べると、本当は茶人だった。不信感が募るなか、今度は焼物商が死因不明で亡くなり、茶人は失踪する。

●好評既刊
江戸美人捕物帳
入舟長屋のおみわ　長屋の危機
山本巧次

お美羽が仕切る長屋が悪名高き商人に売られそうになった。救いの手を差し伸べてきたのが材木屋の若旦那だ。二枚目で仕事もできる彼は長屋を買い取ると言い、遂にはお美羽に結婚を申し込む。

●最新刊
酒と飯
居酒屋お夏　春夏秋冬
岡本さとる

山の先生の身に何か起こるんじゃないか——。亡父の弟弟子・黒沢団蔵の言動に微かな異変を感じたお夏が知ったのは、武芸の道に生きる男ならではの壮烈な覚悟だった。人気シリーズ第九弾。

幻冬舎時代小説文庫

●最新刊
小梅のとっちめ灸
(六)さらばの灸
金子成人

恋仲だった清七の死の謎を追う小梅はついに真相に辿り着こうとしていた。そんな折、奉行・鳥居耀蔵から出療治の依頼が。小梅はある決意を胸に灸据所を後にして……。シリーズ堂々完結！

●最新刊
刃の叫び
はぐれ武士・松永九郎兵衛
小杉健治

浪人の九郎兵衛は幕府の御用商人・権太夫の仲介で大目付と面会し、ある者を殺すよう頼まれた。妹を救ってくれた権太夫への恩義から引き受けるが、次第に幕府内の権力闘争に巻き込まれ……。

●最新刊
姫と剣士 四
佐々木裕一

尊王攘夷派として追われていた智将は遂に捕縛され、弟の伊織に道場を任せると告げた。だが、道場を継ぐことはすなわち琴乃との別れを意味する。伊織と琴乃の運命が再び交わる日は来るのか――。

●最新刊
十五夜草
小烏神社奇譚
篠 綾子

父親の墓参りへ行った泰山が、墓守の鬼に取り憑かれる。死んだ親兄弟を忘れたり、死者を嘆かせるようなことをしなければ害は与えないと言うが、泰山は何か思い悩んでいるようで……。

●好評既刊
夫婦《めおと》道中
うつけ屋敷の旗本大家《おおや》 三
井原忠政

謎の三姉妹からの屋敷の店子になりたいという申し出。だが、姉妹の目的はある住人の始末だった⁉ しかもここで借金問題も再燃。小太郎は、二つの難題を解決できるのか？ 笑いと涙の時代小説。

幻冬舎文庫

●好評既刊
迷うな女性外科医
泣くな研修医7
中山祐次郎

佐藤玲は三一歳の女性外科医。デートより手術の腕を上げることに夢中で、激務の日々も辛くない。そんな中、新人時代の憧れだった辣腕外科医が入院してくる。直腸癌、ステージ4だった——。

●好評既刊
情事と事情
小手鞠るい

浮気する夫のため料理する装幀家、仕事に燃えるフェミニスト、若さを持て余す愛人。甘い情事の先に醜い修羅場が待ち受けるが——。恋愛小説の名手による上品で下品な恋愛事情。その一部始終。

●好評既刊
脱北航路
月村了衛

祖国に絶望した北朝鮮海軍の精鋭達は、拉致被害者の女性を連れて日本に亡命できるか？　魚雷が当たれば撃沈必至の極限状況。そこで生まれる感涙の人間ドラマ。全日本人必読の号泣小説！

●好評既刊
できないことは、がんばらない
pha

「会話がわからない」「何も決められない」「今についていけない」——。でも、この「できなさ」こそ、自分らしさだ。不器用な自分を愛し、できないままで生きていこう。

●好評既刊
死命
薬丸　岳

余命を宣告された榊信一は、自身が秘めていた殺人衝動に忠実に生きることを決める。女性の絞殺体が発見され、警視庁捜査一課の刑事・蒼井凌が捜査にあたるも、彼も病に襲われ……。

千夏《ちなつ》の光《ひかり》

蘭学《らんがく》小町《こまち》の捕物帖《とりものちょう》

山本《やまもと》巧次《こうじ》

令和6年12月5日　初版発行

発行人――石原正康
編集人――高部真人
発行所――株式会社幻冬舎
〒151-0051東京都渋谷区千駄ヶ谷4-9-7
電話　03(5411)6222(営業)
　　　03(5411)6211(編集)
公式HP　https://www.gentosha.co.jp/
印刷・製本―中央精版印刷株式会社
装丁者――高橋雅之

幻冬舎時代小説文庫

ISBN978-4-344-43445-5　C0193　や-42-10

この本に関するご意見・ご感想は、下記アンケートフォームからお寄せください。
https://www.gentosha.co.jp/e/